バルザック×テクスト論

〈あら皮〉から読む『人間喜劇』

芳川泰久
YOSHIKAWA Yasuhisa

せりか書房

Études philosophiques

او ملكتني ملكت الكل
ولكن عمرك ملكي
واراد الله هكذا
اطلب وستنال مطالبك
ولكن قس مطالبك على عمرك
وهي هاهنا
فبكل مرامك ستنزل ايامك
أتريدني
الله مجيبك
آمين

SI TU ME POSSÈDES, TU POSSÉDERAS TOUT.
MAIS TA VIE M'APPARTIENDRA. DIEU L'A
VOULU AINSI. DÉSIRE, ET TES DÉSIRS
SERONT ACCOMPLIS. MAIS RÈGLE
TES SOUHAITS SUR TA VIE.
ELLE EST LÀ. À CHAQUE
VOULOIR JE DÉCROÎTRAI
COMME TES JOURS.
ME VEUX-TU ?
PRENDS. DIEU
T'EXAUCERA.
SOIT !

バルザック×テクスト論――〈あら皮〉から読む『人間喜劇』目次

はじめに　7

I

プレリュード　アウラの消滅　15
第一章　悪魔契約　同時代のパリをつなぐ　22
第二章　キュヴィエあるいは推論的パラダイム　46
第三章　過去への遡行・アナロジー・冒頭描写——バルザックの方法　62

II

第四章　バルザックの「哲学的」体系——〈物質〉から「神」まで　89
第五章　「構成の単一性」あるいは「人物再登場」　123

第六章　交通と障害　小説を書かずに書く　147

III

第七章　見えないテクスト　167
第八章　テクストの自由と不自由　197
第九章　テクストの逆襲　216
参考文献　248
おわりに――あとがきに代えて　249

凡例

読書のさまたげとならないように、できるかぎり注を避けたが、必要な場合には章末に＊の印を付し、補助説明として〔　〕を用いた。引用についても同様の方針をとったが、バルザックについてはプレイヤード版（*La Comédie humaine*, Bibliothèque de la Pléiade, t.I-XII, Gallimard, 1976-1981.）の巻数とページ本文内で示し、同じ書籍からの二度目以降の引用についても、本文内で処理した。原則として、拙訳を用いたが、一部の書籍については、既訳を参照したことをお断りする。例外的に、多数の個所を一度に参照したような場合には、その最初と最後のページを記した。さらに、ローマ数字の表記の一部を分割表記せざるを得なかったことをお断りする。

はじめに

新型コロナウィルスが猛威をふるいはじめた二〇二〇年の春休みに、わたしはバルザックについて一冊の本を書こうと思い立った。と同時に、バルザックについて書くのはおそらくこれが最後になるような気がした。そのせいか、自分がバルザックを研究対象にしたきっかけが思い出された。学生時代のわたしは、ヌーヴェル・クリティック（新しい批評）になじみ、ヌーヴォー・ロマン（新しい小説）に親しんでいて、バルザックとその小説観を否定すべきものと見なしていた。必ずしも惚れた女と結婚したわけではない『失われた時を求めて』のスワンのように、わたしは好きとは言い難い小説家を研究対象にしたことになる。

きっかけは大学院に進むための面接試験にあった。そのころ、ミシェル・ビュトールの『レペルトワール』という批評集にバルザック論が収められていて、わたしは魅了されていた。ついでに、それまでバルザックに抱いていた思いも修正された。その批評集にはプルースト論もあって、これにも大きな刺激を受けた。だから面接で、修士課程に進むことが許されたらだれを研究しますか、と訊かれたとき、興味があるのはヌーヴェル・クリティックにヌーヴォー・ロマン、それにプルーストにフローベール、もう一人あげれば、バルザックでしょうか、と答えたのだが、面接官の教師たちはいっせいに困ったような顔をした。普通なら、そのなかで一つにしぼるとしたらだれにしますか、と訊かれるのだが、そうはならず、なんの手応えもなく面接は終了した。落ちたかもしれない、と感じていたら、合格していた。定年まで一年の新庄嘉章先生の研究室に所属が決まり、実質的には、平岡篤頼先生が大学院で開いていた講義に出て指導を受けることになるが、あの受け答えでどうして試験に通ったかいまでもわからない。

一年目の前期の最後の授業のあと、たしか同級生とともに平岡先生を酒の席に誘った。授業の緊張も解け、話が弾むうちに、夏休みに追分にある別荘にふたりで遊びにおいでと先生に誘われたのだ。そしてことが起こったのは、前夜の酒も抜けた午前の庭のテーブルで談笑していたときだった。芳川は何を研究するのか、といきなり訊かれた。半年前の面接同様の態度でいると、先生はなぜか、バルザックをやれ、小説の分量が多いから修士を三年かけてじっくりやりなさい、とご託宣を受けた。おれがやるの、バルザックなの、と他人事のように聞いていた。いまなら明らかにパワハラ的指示になるが、時代的にそんな意識は双方になく、気がつけば、その成り行きを受け容れていたのだ。

修士の二年目が終わろうとしていたころ、いきなり自宅に先生から電話があった。修論提出期限の翌日だった。芳川、どうして修論を出さなかったんだ、と問われ、そのとたん、三年かけて書けと言ったのは先生ですよ、と胸のうちで反論しながら、ていねいに、一年半前の夏に別荘で言われたことを説明すると、そうか、といって電話は切れた。

いくらビュトールのバルザック論が好きだとはいえ、バルザック研究をビュトール一本でできるわけもない。わたしが否応なく直面したのは、テクスト論をはじめとするヌーヴェル・クリティックとバルザック研究とのせめぎあいにほかならない。これがフローベールやプルーストなら、当時の最新の知見をもちいて対象に迫れたかもしれない。結果的に、バルザックから現代フランス小説までを読んできた身からいわせてもらえば、バルザックとフローベールのあいだには決定的な段差があって、フローベールを分析する方法でバルザックに立ち向かえば、たちまち刃こぼれに見舞われてしまう。

とはいえ、自分が気に入っていたヌーヴェル・クリティックもテクスト論も捨てたくはなかった。だからわたしにとってバルザックについて何かを書くということは、そのつど、どのように対象にアプローチするのか、という方法論的な模索でもあった。それは同時に、バルザックに立ち向かっても刃こぼれしない武器というか方法の獲得プロセスでもあって、その意味で、本書もまたそうした試みの実践になっている。

その試みを振り返りながらこの「はじめに」をここまで書いてきて、気づいたことがある。この本を書きながら考えたことなど一度もなかったが、結果的に、本書はこれまでの研究が触れずにやり過ごしてきたナゾに向き合っている。その上で感じるのは、そのナゾを避けていたら、いくらページを費やして論じても、バルザックを読んだことにはならないだろうという思いだ。では、そのナゾとはどのようなものかと言えば、バルザックが自らの九十篇ほどの小説（書いたものも書く予定のものもふくめて）で企画した『人間喜劇』から初期の哲学的小説『あら皮』を排除せずに、しかも「哲学的研究」

の礎としてその巻頭に据えたことだ。

『あら皮』には、魔法の皮（それが〈あら皮〉と呼ばれる）が出てきて、アラジンの魔法のランプさながらに、持ち主の願いを叶えてくれる。ただし、願望がかなうたび〈あら皮〉は縮んでゆき、最後に縮みきってなくなったときには、持ち主の生命もまた尽きる。そのような魔法の皮をもとに作られた物語は、およそ近代小説とは言いがたい要素をふんだんに持つ。〈あら皮〉には、いわばバルザックになる前のバルザックの根っこ、というか近代小説以前のものにつながるへその緒が色濃く残っていて、それを小説家が『人間喜劇』という近代小説の集合体のなかの重要な位置に置いていることをどのように考えたらよいのか、だれも答えてくれない大きなナゾなのだ。内外をふくめて、これまで『あら皮』研究の本はいくつも出ているものの、そのナゾに向き合ったものを寡聞にして知らない。

そうした長年のナゾに導かれるようにして本書を書き終えてみて、当初は思っても見なかったが、〈あら皮〉を書き換えることが『人間喜劇』というテクスト群をバルザックが書いた意味ではなかったか、という思いを強くしている。そしてそのための視座とそこから見えてくるテクスト的風景を差し出すことができたのは、望外の幸せというほかない。またその途中で、バルザック的描写について言及し、バルザックのアナロジーとアナロジー的思考の特性についてまで思考をのばすことができた。

執筆の際のいつもの習慣で、それまでに書いたことから浮かび上がる論点をすくい取るように書き進めるので、本書の章立ては、ロジックを通しながらの即興的な連鎖となっている。一つの章を書き切ることで、次の章が見えてくる。そうした書き方のなかで、バルザックの世界観を描出することになったのは、『あら皮』を経由したおかげである。いうまでもなく、『人間喜劇』というタイトルはダンテの『神曲』の向こうを張ったものだ（『神聖喜劇』と訳せば、「神」が「人間」に変えられていることがはっきりする）が、バルザックは『神曲』を貫く世界観を近代の知を介して自分なりのものに書き換えていて、その射程を示すことができたのも魔法の皮〈あら皮〉に正面から向き合ったからだ。ついでに言えば、バルザックの哲学的思考が凝縮されている『神秘の書』に、『セラフィタ』『ルイ・ランベールの知性史』と並んで、ダンテを主人公にした『追放された者たち』が収められている理由も納得されたのである。

そうした流れのなかで、プルーストも指摘するように、バルザックの最大の小説的発明である「人物再登場」の方法について考察することになったのも、当初は視野に見えていなかっただけに、流れの偶然が導いてくれた僥倖というほかない。そこに潜む小説家の発想に、当時の最先端の科学論争である「アカデミー論争」が深くかかわっていて、論争の一方の雄であるジョフロワ・サン゠ティレールの学説にバルザックが自らの小説観との親和性を深く感じていたことにも触れることができた。そしてこの方法が、バルザックの抱えていた近代以前の根っこを根こそぎにしてくれたのではないか。そのような思いもまた、バルザックのテクストを読みながら、本書を書きながら、見えてきた風景ということになる。

〈あら皮〉を出発点に、以上のような視点をつないでいくように一筋の道を切り開いたのが本書である。それこそ、そのつどテクストにどのようにアプローチするのか、というわたしのとる方法論的ともかくも最初から最後まで脈絡がついたのだから、幸せな一冊となった。そこに常にあったのは、ウィズ・コロナの風景であって、本書のどこかにその痕跡がとどめられていることを願い、読者の方々にその見えない時間を共有してもらえれば、これにまさる歓びはない。

I

プレリュード　アウラの消滅

「はじめに」で、本書もまた前著と同じように「一歩ごとに、一語ごとに、一章ごとに次に書くことが見えてくるような書き方となった」と記したが、それは本論を書き終えてからの言葉であって、まだ何も書きはじめていない段階では、さて、バルザックをめぐって一冊の本を書くと決めたものの、どのように踏み出していいのか迷っていた。その挙句、長年バルザックに親しみながら抱いていた疑問からはじめてみようとわたしは思い立った。

バルザックが『人間喜劇』を刊行する際に三つの区分を採用し、「風俗研究」、「哲学的研究」に小説を振り分け、「分析的研究」に試論やエッセイのたぐいを分類したが、ある時期（それは一八三五年である）を境に、「哲学的研究」に入る小説がぱたりと書かれなくなる。それはいったいどうしてなのか。これまで、突きつめて考えたことはなかった。一方、増加する小説をさばくためもあってか、「風俗研究」はさらに「私生活情景」、「パリ生活情景」、「地方生活情景」など六つの「情景」に区分されていて、その違いを不思議に感じていた。また、一八三五年といえば、バルザックの発明した「人物再登場」の方法が『ゴリオ爺さん』において実践に移された年でもあるが、そのことと「哲学的研究」の小説が『セラフィタ』を最後に書かれなくなったことには、何か関係があるのだろうか。考えているうちに、疑問の輪が広がった。

ともかくわたしは、「哲学的研究」と「風俗研究」に入る小説が一八三五年までどのように書かれたのかを確認するため、ステファーヌ・ヴァションの『オノレ・ド・バルザックの仕事と日々』(1)を手に取った。そこに、最も詳細なバルザックの執筆年譜が掲げられているからだ。初めて小説に「哲学的」philosophiqueという語が使われたのが、一八三一年八月に二巻本で刊行された『あら皮』で、そこには「哲学的小説」という副題が付されている。この副題がのちに『人間喜劇』の区分「哲学的研究」に援用される。年譜をたどれば、一八三一年九月、『哲学的小説および短篇《コント》』の「第二版」が三巻本で刊行されているが、不思議なことに、この小説には「初版」がなく、いきなり「第二版」から出版されている。おそらく、ひと月前に出版された「哲学的小説」と副題のある『あら皮』が「初版」にあたり、それを受けての『哲学的小説および短篇《コント》』刊行という思いがバルザックのうちにあるのだろう。現に、三巻からなるこの『哲学的小説および短篇《コント》』の一巻目は『あら皮』一作に充てられていて、二巻目、三巻目に、それまでの一年半ほどのあいだに雑誌に発表された哲学的小説が収められている。

一八三一年十一月には、『哲学的小説および短篇《コント》』の「第三版」が刊行され、一八三二年六月には、ほぼ同じ内容の『哲学的短篇《コント》』が二巻本で出版されているが、これは『あら皮』の単行本を購入した読者用に用意されたものだ。同年十月には、同じ出版社から『新哲学的短篇《コント》』が刊行され、一八三三年三月には、『哲学的小説および短篇《コント》』の「第四版」が出版されるのだが、驚いたことに、その年の十二月には、『十九世紀の風俗研究』の五巻目、六巻目が「地方生活情景」と副題を付されて刊行されている。ちなみに、このタイトルに使われた「風俗研究」がやがて『人間喜劇』の構成区分として用いられることになるし、「地方生活情景」という副題もその下位区分に使われることになる。この『十九世紀の風俗研究』の刊行をたどれば、一八三四年四月に、十巻目と十一巻目が「パリ生活情景」の副題のもとに刊行され、同年九月に、三巻目と四巻目が「私生活情景」と副題を付されて刊行されている。どちらの副題もやがて『人間喜劇』の「風俗研究」の下位区分に用いられるが、これら「地方生活情景」と「パリ生活情景」と「私生活情景」に入る小説が『人間喜劇』の全小説の過半を占める。ちなみに、「私生活情景」という言葉については、いち早く一八三〇年四月に『私生活情景』というタイトルの二巻本が出版されている。そして『十九世紀の風俗研究』の刊行をさらに追えば、一八三五年五月に一巻目と十二巻目が、同年十月に二巻目と九巻目が刊行されていて、*要は、その間を縫って、一八三五年三月、「人物再登場」の方法が初めて用いられた『ゴリオ爺さん』が出版されていることだ。五月に第二版が刊行された『ゴリオ爺さん』は、以降、一八三九年にシャルパンチエ版が、一八四三年にはさらに『人間喜劇』に収められて再刊されている。

　ところで、哲学的小説の刊行にもどれば、『哲学的小説および短篇《コント》』の「第四版」（一八三三年三月）までを確認したが、『十九世紀の風俗研究』から「研究」を受け継いだ『哲学的研究』（五巻本）が一八三四年十二月に刊行され、一八三五年十二月には、バルザックの哲学的小説の頂点ともいえる『神秘の書』が二巻本で出版され、その第一巻に『追放された者たち』と『ルイ・ランベールの知性史』が、第二巻に『セラフィタ』が収められる。だが、それ以降、新たな哲学的小説は一作も書かれなくなる。**ひと言でいえば、バルザックは小説を執筆しはじめてから一八三五年まで、膨大な量の「風俗研究」に収まる小説を執筆しながら、これまた数多くの「哲学的研究」に入る小説を同時に書いていて、特に、その状況からは『ゴリオ爺さん』と『セラフィタ』を関連づけるものはいっこうに見えてこない。言い換えれば、「人物再登場」の援用開始と哲学的小説の執筆終了とのあいだに、何らかの関連性を示唆するものは認めがたいのだ。開始と終了という一対になりうるものが、単に同じ年に起ったのだろうと思ったとき、わたしは一八三五年にちなむ一つの指摘を思い起こしていた。それはマックス・ミルネールの『フランス文学における悪魔』におけるこんな指摘である。

一八三五年まで、バルザックにとって、サタン神話とサタンの発揮する力の神話は、一種の想像力の実験のための道具になっている。幻想的なものの流行がもたらしてくれる便利な手段によって、バルザックは、人間的経験の諸条件をその最終的な結果にいたるまで変化させる。そして、ますます現実に接近する文脈で、自らが若いころから育んだ絶対的な力と認識への夢を変化させる。『神と和解したメルモス』ばかりか『セラフィタ』と『ルイ・ランベール』第三版〔この版はルイ・ランベールの未完の手紙をふくむ〕の年でもある一八三五年は、プロメテウス的な野心の決定的な放棄を刻む年である。そのとき人物再登場という方法を体系的に適用することで、バルザックは戸籍簿との競争に向かい、自らの世界からあらゆる幻想的な素材をしめだしてしまう。そしてそうなると悪

魔は、もはや行動する登場人物でも、あるいは効力を発揮する力でもなくなる。(2)

たしかに、「自らが若いころから育んだ絶対的な力と認識への夢」という指摘は、バルザックの「哲学的小説」の背景を的確に言い表している。「プロメテウス的な野心の決定的な放棄」こそ、「哲学的小説」が『セラフィタ』を最後に書かれなくなった事態を指していて、さらにミルネールは「人物再登場という方法を体系的に適用することで、バルザックは戸籍簿との競争に向か」い、「自らの世界からあらゆる幻想的な素材をしめだしてしまう」と指摘している。「幻想的な素材」（といっても、それを色濃く持つのは二十篇の哲学的小説のうち三篇ほどである）は哲学的小説が書かれなくなれば、当然、この小説家の物語世界から締め出されることになるし、「人物再登場」の方法が主に「風俗研究」の小説に援用された以上、その物語世界が「戸籍簿との競争」と言われる現実感のあるものに移ったのもうなずける。それじたいは事実ではあるが、率直に言って、ミルネールはどのように「人物再登場」の適用が「幻想的な素材」をしめだしたのかを語っていない。文学史的に語れば、バルザックは初期の幻想性を脱却して現実性《リアリズム》に接近したということになるが、そのような傾向の変化は認められるものの、バルザックのうちに、そうした両者のせめぎ合いがなされた痕跡はいっこうに見当たらない。

わたしはミルネールの指摘を読みながら、隔靴掻痒の感をぬぐえなかった。そこには事実から言えることしか書かれていない。自分が求めているのは、事実としての結果ではなく、哲学的小説が書かれなくなったことと「人物再登場」の使用のあいだにありうる（あるのか、ないのかわからない）もっと内在的で構造的な関連性にほかならない。そのことに気づいたとき、長年の疑問から広がった問いではあるものの、ますます、この二つのあいだには内在的なつながりなどないように思われたのだった。わたしは振り出しにもどったような感覚に襲われたが、しかしここまで調べながら考えてきて、踏み出す方向がひとつ見えてきていた。バルザックの哲学的小説に、「幻想的な素材」を物語の中心に据えながら、同時に「人物再登場」の方法をあとから援用した長篇小説があって、それはミルネールが差し出す見取り図とは明らかに矛盾していた。その小説を、ていねいに読んでみようと思い立ったのだ。それは『人間喜劇』の「哲学的研究」の巻頭に据えられている『あら皮』である。その物語の中心に、哲学的小説のなかでも最も「幻想的な素材」といえる魔法の皮〈それが〈あら皮〉にほかならない〉を持ち、しかもラスティニャックとターユフェールという二人の再登場人物を抱えている。こうして、どのように踏み出したらいいのか、本書の第一歩が決まったのだった。

注

* ちなみに『十九世紀の風俗研究』の刊行はつづき、一八三七年二月に七巻目と八巻目が出て、全十二巻の刊行を終えている。

** もっとも再刊のたぐいはその後もなされ、一八三六年一月に『神秘の書』の「第二版」が、同年九月に『哲学的研究』が再刊され、一八三七年七月に『哲学的研究』の三回目の配本が、一八四〇年六月には『哲学的研究』の四回目の配本がなされている。一八四二年六月に、加筆訂正された新版の『ルイ・ランベールおよびセラフィタ』が刊行され、以降は『人間喜劇』が版を改める際に細かな細部への加筆・訂正は加えられるものの、一八三五年十二月刊行の『セラフィタ』をもって、新たな哲学的小説は一作も書かれていない。

引用

（1）『オノレ・ド・バルザックの仕事と日々』Vachon, Stéphane *Les Travaux et les Jours d'Honoré de Balzac Chronologie de la création balzacieene,* Presses du CNRS, Paris, 1992,p96-212.

（2）『フランス文学における悪魔』Milner, Max *Le Diable dans la littérature française,* Librairie José Corti, t.II,1960, p12-3.

第一章　悪魔契約　同時代のパリをつなぐ

小説化と自己愛

　プレイヤード版『あら皮』の冒頭一行目（厳密にいえば、冒頭から三語目）に付されたヴァリアント（異文）の注を参照したとたん、わたしは一つのことを思い出した。もともと、『あら皮』の冒頭は小説のために書かれたものではない。パリの「現在」を描いたエッセイを、バルザックが偽名で雑誌に載せたもので、そこからの小説への転用である。プレイヤードの巻末注に目を通したわたしは、さらなる詳細を確認しようとヴァションの『オノレ・ド・バルザックの仕事と日々』に該当する記述を見つけた。バルザックは一八三〇年十二月に、「カリカチュール」誌に「スケッチ　最後のナポレオン金貨」という一文を寄稿しているが、それは「アンリ・Bと署名されて」いて、「『あら皮』冒頭の数ページの初稿」（前掲書・一〇四）にあたると記されている。ちなみに、その同じ文章が翌年二月に「ヴォルール」誌にも再録されている。注目に値するのは、この文章は雑誌に掲載されたこの時点でまだ小説の一部としては作者に意識されていないことだ。それは、端的に、バルザックが本名で執筆していないことからもわかる。「最後のナポレオン金貨」と『あら皮』の冒頭を読み比べてみれば、雑誌に発表された文章をもとに、小説の冒頭が四倍ほどの分量に引き延ばされている。

ヴァションが「一八三〇年の一年を通じて、バルザックの活動はとりわけジャーナリスティックである」(同書・一〇五)という時期に、まさにその種の雑誌に掲載と再録をされていることも、この文章が当初、小説の冒頭として書かれたものではないことを告げている。拙著『闘う小説家　バルザック』で、わたし自身、この年に発表されたバルザックの「ジャーナリスティックな文章のなかに、同時代のパリにかんする一連の論考が書かれている」(同書・三七)と記し、それらが〈パリもの〉とも呼べる新たなジャンルを形成していると指摘したが、「最後のナポレオン金貨」はまさにそうした〈パリもの〉の一つであり、同時代のパリに見られる風景をジャーナリスティックに「スケッチ」したものにほかならない。そこで描かれた青年に名前が与えられていないのも、小説の主人公として書かれていないからである。

この文章は、パレ=ロワイヤルにある賭博場を対象に選んだ点で、同時代のパリの一断面を切り取っている。しかも、パリで食いつめた青年が最後の一枚の「ナポレオン金貨」を、まるで自分の人生を一か八か試すように賭博場で賭け、負ける姿を描くことで、もはや自殺という手段しか残されていない状況が見事に活写されている。雑誌に載せた「最後のナポレオン金貨」の最後は、こう書かれていた。

その見知らぬ男は賭けに負けると、ただ目を閉じた。そして唇は血の気を失った。しかしすぐに男はまぶたを開け、唇は鮮やかな赤みをとりもどし、チップ寄せが彼の最後の金貨をかき集めるのを見た。無頓着な態度を装って、見ていた者たちの凍りついた顔にこれっぽっちも慰めを求めることなく、姿を消した。

男は「ディ・タンティ・パルピッティ」（ロッシーニのアリア）をとても小さく弱く口笛で吹きながら階段を降りたので、おそらく彼自身にしかそのメロディーは聞こえなかっただろう。そしてゆっくりとした足取りで、優柔不断な面持ちでチュイルリーのほうへ向かったが、家並も通行人も目に入らず、まるで砂漠のただなかを歩いているようで、ただ一つの声――死神の声――しか耳にはいらなかった。（中略）男はチュイルリー公園を横切り、最も近い道をとってロワイヤル橋へ赴いた。そして、そのアーチのいちばん高い地点で立ち止まり、その視線はセーヌ川の水底までを眺めた。

アンリ・B（X・一二三一―四）

賭博で最後の持ち金をうしなった青年は、ロワイヤル橋の「アーチのいちばん高い地点で立ち止まり」、その下を流れるセーヌ川を眺める。「死神の声」しか聞こえない青年は、そこから投身自殺するつもりで川を見ている。そこで「スケッチ」を終えているのは、そのあと起こるであろうことを暗示して、読者の想像力に訴える当時のジャーナリズムの常套手段である。「アンリ・B」と署名まで引用したのは、ここで「最後のナポレオン金貨」が終わっていることを示すためだ。そしてバルザックが『あら皮』を構想したとき、食いつめて自殺に向かう青年を主人公にし、パリの一断面を描いたこの文章を利用できると考え、「最後のナポレオン金貨」で描いた光景からはじめたのだ。この一文を、小説的に四倍ほどの分量に書き直して『あら皮』の冒頭にしている。この引用に対応する『あら皮』のページを見れば、バルザックがこの光景をどのように小説化したかがうかがえる。

その見知らぬ男はそっと目を閉じ、唇は血の気を失った。しかしすぐにまぶたを開け、唇は鮮やかな赤みをとりもどし、人生に謎などないといったイギリス人のような態度を装い、絶望にかられた賭博者が見物人にじつによく向けるあの悲痛なまなざしによって慰めを乞うこともなく、姿を消した。

（中略）賭博をした男は（中略）「ディ・タンティ・パルピッティ」をとても弱い息の口笛で吹きながら階段を降りたので、その甘美なメロディーは彼自身にもほとんど聞こえなかった。

やがて青年はパレ＝ロワイヤルの回廊に出て、サン＝トノレ通りまで至り、チュイルリーへの道をとり、おぼつかない足取りで公園を横切った。まるで砂漠のただなかを歩いているようで、すれちがっているのに人びとの姿が目に入らず、人のたてる喧噪のなかを通っているのに、ただ一つの声、死の声しか耳に入らなかった。青年はしまいには感覚をなくしたように瞑想にふけっていたが、それは、かつて裁判所からグレーヴ広場へ、一七九三年以降、流された血という血で赤く染まった処刑台の方へ荷車で運ばれていった罪人たちをとらえる瞑想に似ていた。

（中略）

青年はロワイヤル橋のほうへ向かいながら、彼の前に自殺した人たちが抱いた最後の気まぐれに思いをはせた。（中略）そのアーチのいちばん高い地点まで来ると、陰鬱な表情で水をながめた。「身投げするには天気が悪いね」と、ぼろをまとった老女が笑いながら彼に言った。「セーヌ川ときたら、なんて汚らしく、冷たいんだ！」（X・六三一五）

この個所を引用する際、描写がふくらんだ個所や会話部分、さらには自殺をめぐる作者の声がそのまま聞けるような個所を省略した。その上で二つの引用を比べれば、「カリカチュール」誌の文章が「そして、そのアーチのいちばん高い地点で立ち止まり、その視線はセーヌ川の水底までを眺めた」で終るのに対し、『あら皮』では、「そのアーチのいちばん高い地点まで来ると、陰鬱な表情で水をながめた」と、ほぼ同じかたちになっているものの、その直後に、最大のちがいが生じている。「スケッチ」では、そのあとに署名が入り、セーヌを眺めた青年の投身自殺の可能性が読者の想像力に委ねられるのに対し、『あら皮』では、その直後、いまにも橋の上から川に投身自殺するという青年に、「身投げするには天気が悪いね」と老婆が声をかけるのだ。そのひと言をきっかけにして、青年は自殺を踏みとどまり、夜まで延期するのだが、それが「最後のナポレオン金貨」を『あら皮』に回収する小説としての実質的な第一歩になっている。この老婆のなにげないひと言に「スケッチ」を小説化する力がある、と言える。というのも、青年は純真そのものといった微笑みを老婆に返し、その拍子に、

「とつぜん、遠くに、チュイルリー公園の船着き場の小屋に掲示板がかかげられているのが目に入り、身震い」することになるからだ。掲示板には「水難者救援所」と書かれていた。

青年の心に浮かんだのは、ダシュウ氏〔水難者救助の視察官〕が博愛精神を身にまとい、仁徳のオールを呼び覚ましては動かして、運わるく浮かびあがってきた溺死者の頭をたたき砕くさまだった。青年に見えたのは、ダシュウ氏がやじ馬連中をたきつけ、医者を呼びにやらせ、燻蒸消毒のしたくをする姿だった。新聞記者どもが饗宴の楽しみや踊り子のほほえみに囲まれて書く苦情の記事も、目にできるようだった。彼の身をひろいあげた船頭たちにセーヌ県知事が支払う銀貨の音まで聞こえるようだった。死ねば、彼も五十フランの値になるが、生きていても、保護者も友人も寝床もなく、たたく太鼓もない、まさしく社会的にゼロの人間にすぎなかった。（中略）まさに日のあるうちに死ぬのはおぞましく思われ、彼の人生の偉大さを認めてくれない「社会」に対し身元の分からない死体を引き渡すべく、青年は夜になってから自殺する決心をした。（X・六五―六）

「水難者救援所」の掲示を見た青年の脳裡には、それまでに目にしていた溺死者の救助のありさまが思い浮かぶ。救助する人間はオールを動かしては「運わるく浮かびあがってきた溺死者たちの頭をたたき砕く」。死体は「燻蒸消毒」され、新聞記者たちが饗宴の片手間にどういうことを書くかさえ目に浮かぶようで、死体を引き上げた船頭たちに県知事が支払う銀貨の音までが青年には想像される。

「死ねば、彼も五十フランの値になるが、生きていても、保護者も友人も寝床もなく、たたく太鼓もない、まさしく社会的にゼロの人間にすぎない」。そうした想像が、青年に「夜のうちに自殺しようと決心」させる。つまり、思い浮かべる光景のおぞましさが夜の闇にまぎれての自殺を青年に選ばすのだが、そこで見逃せないのは、溺死者になっている自分を見る視点が働いていることだ。死んだ自分を見る視点は、自らの死体に対するおぞましい扱いを忌避する。この視点を支えているのは、主人公の自尊心（自己愛）にほかならない。社会的にはゼロの青年にも自尊心はあって、それが自殺を夜まで遅延させる。そしてこのくだりには、自尊心にとって無視できない記述がなされている。「「社会」に対し身元の分からない死体を引き渡すべく」と訳した個所がそうで、要は「死体」cadavreが「身元の分からない」indéchiffrableと形容されていることだ。これはもともと「判読できない、見抜けない、不可解な」を意味する形容詞だが、「死体」を形容するとき、「身元の分からない」の意になる。夜に自殺をすると、どれほど「身元の分からない」状態にまで溺死体が変形するかはわからないが、自分の死体のアイデンティティ（自己同一性）にまでこだわるところに、死後までをも貫く青年の自尊心と自己愛の強さを認めることができる。バルザックは主人公の自殺を延期するのに、物語的にその自己愛をも動員したのだ。

「生」と「死」の両義性

こうして小説家は主人公を延命させることができた。では次に、バルザックはどうするのかといえば、この物語をその結末まで動かしていくための、いわばモーターを仕掛ける。そのモーターに主人公を出会わすために、小説家は骨董店を選ぶのだが、それを物語の流れに沿って語れば、セーヌ川に身を投げるのを夜まで延期した主人公は、その時間つぶしにヴォルテール河岸をぶらつき、そこにあった骨董店に偶然というかたちで入ることになる。そこに小説家がモーターを用意していることなど、主人公はまるで承知していないといった風情で。

ところで、当時、骨董店とはどういう意味を持つ場所だったのか。それは文字どおり古いモノを陳列し売買する店だが、ミシェル・ビュトールはこの場所を、同時代の社会を表象する「象徴的な場」(1)だと指摘する。十九世紀に骨董店は流行するのだが、それはベンヤミンが『パリ　十九世紀の首都』においていみじくも指摘したように、当時の繊維商業界の好景気を背景にして、金利生活者＝遊歩者たちが「遠方と過去を収集」(2)しはじめるからだが、さらに言えば、新しいモノを扱う店である「流行品店《マガザン・ド・ヌヴォテ》、つまり史上はじめて相当量の在庫を備えた商店が出現しはじめる」(同書・三二七)のと軌を一にして流行する。世界中のモノを集める「遠方」志向がパサージュによく見られる「流行品店」に集約されるとすれば、過ぎ去ったあらゆる時代のモノを集める「過去」志向を代表するのが骨董店にほかならない。その意味で、主人公が自殺を遅らせたためにできたヒマな時間を埋めるために『あら皮』の冒頭で入る骨董店は、当時、じっさいにはそこまでの収蔵量をほこる骨董店がパリにはなかったにもかかわらず、まさに物語が展開する一八三〇年における〈現在〉を表象しているといえるだろう。「過去」を収集することは、当時の新たな志向だったのである。*

『あら皮』に話をもどすと、主人公が骨董店に入るときに、見逃してはいけない記述がある。小説家はさりげなく、まるでこれからの場面の通奏低音を示すように、「彼〔主人公〕は生に酔ってはいなかったか、より正確にいえば、死に酔ってはいなかったか？」（X・六八）と一文を差しはさんでいる。「生」と「死」という対立する語を置き換え可能なものとして使うことで、生に酔うことと死に酔うことを重ねる。そしてそれはそのまま、自殺を夜まで引き延ばした主人公の、死と重なり合った生という状況を示している。

骨董店の一階だけでも相当な量の「過去」と「遠方」からのものがつめこまれ、その描写がバルザックらしく何ページもつづくのだが、主人公が二階にあがる際の記述に注意する必要がある。「二階の陳列室に通じる内部の階段」（X・七三）を上ると、「奉納の盾」や「武具一式」や「彫刻を施された聖櫃」や「木の像」が壁や階段に置かれている。そうした「生と死の境にある不思議な創造物」に追い立てられながら、主人公は夢のなかでの、魔法をかけられたような恍惚状態になり、ついには「そうした珍しいものと同じようになり、完全に死んでいるのでもない、完全に生きているのでもない」（X・七三）状態に陥るのだ。それは、店に入ったときの「生」と「死」の重なった状況をまさに受け継いでいる。

そうして四番目の陳列室に入ると、プーサンの絵やミケランジェロの彫刻、レンブラントの作品、ラファエロの聖母像、コレッジョの作品などに取り囲まれ、「消え去った五十世紀の残存物」（X・七四）

に囲繞され、主人公は息もできなくなる。そしてついに、鎖で壁にとめられたマホガニーの大きな四角い箱を見つけ、なかに何がはいっているかを店の小僧に尋ねる。小僧は主人を呼びにいくが、そのあいだ主人公は「かつてないくらい激しく死にたいと願い」（X・七六）、象牙の椅子に腰かけながら「こうした過去のパノラマの夢幻的光景《ファンタスマゴリ》のなかに視線をさまよわす」。それは次のように記述されている。

それは、ファウスト博士がブロッケン山で垣間見た幻想的光景にも匹敵する神秘のサバト〔魔女や魔法使いが魔王崇拝のため催した秘密の祭礼〕だった。しかし疲労や視力の緊張や移り変わりやすい黄昏どきによって生じる視覚現象にも、この見知らぬ青年は怯えることはなかった。死の恐怖に慣れ親しんだ者にとって、生の恐怖などどれほどの力も及ぼさなかったのだ。（X・七六）

主人公が骨董店で目にしたのは、ファウスト博士がブロッケン山で目撃した光景にも比されているが、魔王崇拝のための魔法使いによる秘密の祭礼「神秘のサバト」にほかならない。見るからに恐ろしい光景であるはずなのに、すでに「死の恐怖に慣れ親しんだ」主人公には、もはや「生の恐怖」など何の力も及ぼさない。またしても、このようなかたちで「死」と「生」という対の言葉が記され、これまでの両義的な記述を受け継いでいる。主人公は「まるで魔法にかかったように」なって夢想状態に身をゆだね、黄昏の最後の一瞬の色調の変化を目にしているが、日没の最後の瞬間、夜と戦っているかのようなひと筋の赤い光がきらめくと、顔を上げた青年の目に「骸骨」（X・七六）が飛び込んでくる。いつのまにかそこにいた「骸骨」は骨董店の主人であり、「経帷子」のような「黒いビロードの服」に「黒いビロードの縁なし帽子」（X・七七）をまとい、まるで「魔術か何か」（X・七七）によって出現したみたいだと書かれている以上、この老人の出現は明らかに一種の悪魔の出現として表象されている。しかも主人公の見ている光景は「神秘のサバト」と形容されていて、魔王＝悪魔がこの骨董店の主人の姿によって否応なく喚起される。「ファウスト博士がブロッケン山で垣間見た幻想的光景」という記述を考慮すれば、この老人はまぎれもなく悪魔の表象としてメフィストフェレスを背後にもっている。そしてこの引用の先には、これまでの「生」と「死」の両義的な記述を引き継ぐように、「画家であれば、この老人の顔を、ふたつの異なる表現をもちいて、ふたつの筆づかいによって、永遠の父である神の麗しい姿か、あるいはメフィストフェレスのあざわらうような顔つきに描く」（X・七八）とあるではないか。骨董店の主人は、神と悪魔（メフィストフェレス）という両義性を体現していて、ここに、ここまで執拗に記されつづけた「生」と「死」の両義性が重なるのだ。

悪魔契約

ファウスト博士とメフィストフェレスの名前が刻まれることとじたい、『あら皮』が十五、六世紀のドイツに実在した錬金術師に端を発するファウスト伝説を下敷きにしていることを示唆している。当然、ゲーテの『ファウスト』も小説家の念頭にはあるだろうが、『ファウスト』第一部がすでに一八〇八年に刊行されているものの、後半の第二部の刊行は作者没後の一八三二年だから、『あら皮』の出版より一年あとということになる。それでも重要なのは、錬金術師であれ、知を究めた博士であれ、ファウストがこの世におけるあらゆる望みを叶えてもらう代わりに、その魂を売り渡すという約束をメフィストフェレス＝悪魔と交わす点にあって、要は、この約束が悪魔契約そのものなのだ。『あら皮』もこの伝説の流れをくむ小説であり、その意味でまぎれもない「哲学的小説」といえるのだが、その際バルザックの使う「哲学的」という言葉を、十九世紀後半以降の「哲学」からイメージしてはならない。錬金術や神智学をふくむ、あえていえばオカルト的なものや神秘的なものを排除しない人文や自然にかかわる広い知の領域を、この一語は指している。

そしてメフィストフェレスが、学問をきわめても何も知ることができないと絶望して自殺を考えるファウスト博士に対し、その命と引き換えに若さを提供し、広い世界の遍歴へと誘うとすれば、骨董店の老店主の行為はメフィストフェレスそのものである。というのも彼は、先ほど引用した光景の直後に、自殺を決めている主人公に一枚の魔法の皮＝〈あら皮〉を指し示し、この魔法の皮を所有すれば、自らの命を代償としてあらゆる願望を成就できると誘惑するのだから。とすれば、不思議な光景を目の当たりにしている主人公は、年齢こそ異なるものの、サバト＝悪魔崇拝の祭礼を垣間見たファウスト博士に対応していて、骨董店の主人とラファエルのやりとりは悪魔契約そのものなのだ。

さらに、ここに一枚の絵が加わることでこれまで問題にしてきた光景に両義性が付与される。骨董店の主人は、「ラファエロが描いたイエス＝キリストの肖像画を見たいのは、あなたですか」と確認すると、マホガニーの大きな箱を開け、その絵を主人公に見せるのだが、この「イエス＝キリストの肖像画」の登場によって、老人＝メフィストフェレスと主人公＝ファウストの構図が変形されるのである。

「ラファエロが描いたイエス＝キリストの肖像画を見たいのは、あなたですか」と、老人はていねいに言った。（中略）老人は箱のぜんまいを操作した。とつぜん、マホガニーの板が溝にそってすべり、音もなく倒れ、絵を見せたので、その見知らぬ青年は賛嘆の声をあげた。この不滅の作品を目にすると、彼は陳列室にならんでいる奇抜な作品のことを忘れ、夢うつつの状態で見た幻想世界も忘れ、ふたたび人間らしさをとりもどした（中略）人類の救世主の顔は、黒地の背景によって表現された闇から浮き出るように見えた。髪のまわりには強い後光が強烈にきらめき、その髪から光が放たれ出ようとしていた。額や肉体には表現力に富む自信が宿り、それがひとつひとつの描線から鋭い神秘的な力となって発散していた。（中略）

「さて、どうあっても死ななくちゃならない」と、夢から醒めた青年が叫んだ。（中略）「いや、ご主人、何も心配にはおよびませんよ。死ぬといっても私のことで、あなたのことではありませんから（中略）」不安そうな老人を見て、青年はつづけた。「夜になってからひとに騒がれずに身投げしようと思い、それまでこのみごとな収集品を見ようときたのです。学問と詩にいそしんできた男の最後の楽しみくらい、許さないなんて人はいないでしょう」

疑心暗鬼の商人は、青年のことばに耳をかたむけながら、ひやかし客の生気のない顔を洞察力のある目でじっと見つめた。（中略）

「振り返ってごらんなさい」と、商人はとつぜんランプを手にとると、肖像画と向かいあわせの壁に光をむけて言い、「そしてこの〈あら皮〉をごらんなさい」と付け加えた。

若者はいきなり立ちあがり、自分がすわっていた腰掛けのうえの壁にかけられた一枚の〈なめし皮〉を目にして、いくらか驚きを示した。それはキツネの皮ほどの大きさを越えなかった。しかし、一見して理解しがたい現象だったが、店を支配するふかい闇のなかにあって、この皮はきわめて強い光を発していたので、まるでそれはちいさな彗星のようだった。疑いぶかい青年は、不幸から守ってくれるというこのいわゆる護符に近寄った。（中略）なめし皮の黒い粒起の点は入念に磨かれ、つやだしされていたし、そのきまぐれな縞模様がとてもきれいで汚れがないので、ガーネットの切り子面にも似て、この東方の皮の粒起したつぶつぶは、あざやかに光を反射する同じ数の小さな光源になっていた。

（X・七九―八二）

ここでの配置に注目してもらいたい。一方にあるラファエロの描くイエス＝キリストの絵では、「髪のまわりには強い後光が強烈にきらめき」、その光が「ひとつひとつの描線から鋭い神秘的な力となって発散していた」。そうした「救世主」の反対側には〈あら皮〉が壁にかけられており、その「なめし皮の黒い粒起の点は入念に磨かれ、つやだしされてい」て、「きわめて強い光を発していたので、まるでそれはちいさな彗星のようだった」とあるではないか。ともに光を放っていながら、〈救世主〉の絵と〈あら皮〉は「向かいあわせ」の構図に収まっている。正確に言うなら、〈救世主〉に向き合っているのは〈あら皮〉とその傍らに立つ老人といえるかもしれない。ファウスト伝説が下敷きにされることでメフィストフェレスに見立てられ、「永遠の父である神の麗しい姿」にも見えると両義的に表象されていた老人は、ここでさらに〈救世主〉とも向き合うことで、完全に〈悪魔〉の側の立ち位置に身を置くことになる。

この構図がなぞるのは、聖書にちなむ「荒野の誘惑」の光景にほかならない。言うまでもなく、〈救世主〉と〈悪魔〉の対立であり、〈悪魔〉は〈救世主〉に向かって誘惑の言葉を差し出す。それは「マルコによる福音書（1:12-13）」でも、「マタイによる福音書（4:1-11）」でも、「ルカによる福音書（4:1-13）」でも語られるが、まさに〈悪魔〉がイエスにせまる悪魔契約の場面である。とりわけその第二の誘惑は、〈悪魔〉が〈救世主＝イエス〉を高いところへと連れ出し、自分に帰依するなら、そこから見渡せる国々の権威と栄華を引き換えに与えようというものだ。それこそが悪魔契約の原型だが、〈悪魔〉の誘惑の言葉の位相にあるのが〈あら皮〉と言えるだろう。というのも、「どうあっても死ななくちゃならない」（X・八〇）と告げた主人公に骨董店の老主人が示した〈あら皮〉の裏には、「サンスクリット語」で呪文が書かれていて、それがまさに〈悪魔〉が示す契約の文言になっているからだ。

汝、われを所有すれば、すべてを所有することになろう。
しかし、汝の命はわれのものとなろう。
神がかく願われたのだから。願え、
されば願いは叶う。だが願いは
汝の命の丈に合わせよ。汝
の命はここにある。願う
度にわれは縮む、汝
の日々のごとく。
われを取れば、
神が叶える。
かくあれ！（X・八四）

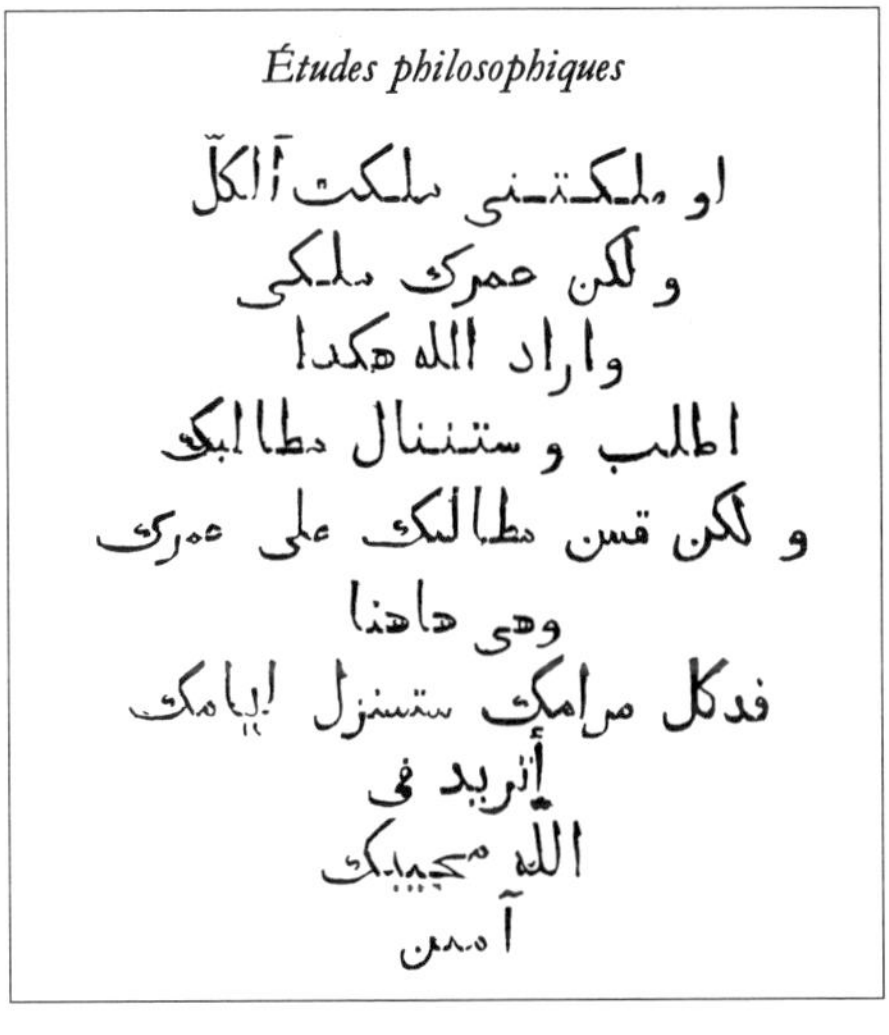

あえて〈あら皮〉に刻まれた文言の形状を尊重して引用したが、これは、「荒野の誘惑」で〈悪魔〉が〈救世主＝イエス〉に示したように、あるいはメフィストフェレスがファウストを誘ったように、この〈あら皮〉を所有すればすべてを所有できる、という悪魔からの誘い（悪魔契約）になっている。当然こうした契約には、形《かた》として自らの命（あるいは魂）を差し出さねばならない。通常の契約なら、担保にしたものは契約を完遂すれば返還されるだろうが、〈あら皮〉の悪魔契約においては、願望が実

現したぶんだけ生命がすり減ることになる。つまり命を担保にして願望を実現するのだが、願望が実現すればそのぶん生命は失われる。

そこにはバルザックの生命観が反映されている。それは、モノをある位置から落下させたときに働く「力学的エネルギー保存の法則」に例えると理解しやすいかもしれない。つまり、位置エネルギーと運動エネルギーの和は一定で、生命を位置エネルギーに、実現した願望を運動エネルギーに比すれば、その総和が一定となり、当初の命の分量だけ願望が実現する。そこにはポテンシャル《ポテンシャル》な力（生命力）をつぎ込んで仕事（作品）を達成したバルザックの、生命力と仕事の総和は一定であるという哲学的ともいえる信念がうかがえる。

ところで、小説家のそのような哲学的信念は、〈あら皮〉を示す老人によって「人間の生命の大いなる秘密」（X・八五）として主人公に示される。それは「人間は、生の源を涸らすふたつの行為を本能的に行なうことで枯渇する」というもので、その「死をもたらすふたつの原因」こそ、「望む」と「できる」という二つの動詞に集約できるという。要するに、願望とその実現（達成）によって、人間に与えられていた生命は涸れ、ついには死に至る。所有者の命と引き換えに、当人の願望を叶える悪魔契約を可能にするのが〈あら皮〉にほかならないのであれば、〈あら皮〉とはその変換装置であって、その意味で、位置エネルギーを運動エネルギーに変える落下運動のようなものなのかもしれない。ちなみに、こうした〈あら皮〉の存在じたいを、リアリズムに反するといって非難するのは的外れであって、とりわけ初期のバルザックの「哲学的小説」は、先ほども指摘したように、こうした魔法や神秘的な側面を排除しないのだ。後半のバルザックの作品傾向からこの時期の彼の小説を見ると、とても同じ一人の人間が書いたものには思われない。それくらい、「哲学的小説」が書かれていたあいだの小説には多様性がある。

『あら皮』にもどれば、主人公は「かつてないくらい激しく死にたいと願い」、「どうあっても死ななくちゃならない」と叫び、夜になればセーヌに投身自殺すると決心していたはずなのに、悪魔契約を示されたとたん、「ああ、そうですとも！　ぼくは過激に生きたいんだ」（X・八七）と〈あら皮〉をつかんで言ってしまう。そのとき、主人公のうちで「死」から「生」への転換がなされ、それまでの「生」と「死」の両義的な状況が「生」へと収束する。つまり主人公は自殺をとりやめ、「生」の方向に踏み出すのだ。それを可能にするのが〈あら皮〉の示す悪魔契約の締結にほかならない。結果的に、〈あら皮〉をつかんで発する「ぼくは過激に生きたいんだ」という言葉によって、悪魔契約は結ばれてしまう。だから「ふるえる手で護符をにぎりしめながら」、「ぼくが望むのは王侯たちにふさわしいほど豪華な晩餐であり、すべてが完璧になったといわれる時代にふさわしい乱痴気騒ぎのようなものだ！　会食者たちは若く、才気にあふれ、偏見にとらわれず、底抜けに陽気なのがいい！　たえず酒が次々とふるまわれ（中略）ぼくたちを三日間も酔わせてくれるようなものがいい！　夜には情熱に燃えるような女たちを侍らそう！」と主人公が口にするとき、それは〈あら皮〉に対して告げる願望そのものになってしまう。やがて老人に「いやいや、お若いの、軽率じゃや。あなたは契約に署名しているのですよ、取り返しはききませんぞ」（X・八八）とたしなめられるが、主人公の口にした「王侯たちにふさわしいほど豪華な晩餐」も、「すべてが完璧になったといわれる時代にふさわしい乱痴気騒ぎ」も、「夜には情熱に燃えるような女たちを侍らそう！」も〈あら皮〉をまえに発せられた以上、はたしてこの願いに〈あら皮〉はどう答えるのか。それがこの小説を推進し、このあとの物語を切り開いていくことになる、という意味で、〈あら皮〉はまさにこの物語を駆動するモーターでもあるのだ。

同時代のパリと「哲学的小説」

骨董店を出ると、青年はいきなり「三人の若者にぶつかる」（X・八九）。それは主人公の友人たちで、「ラファエルじゃないか」と声をかけられ、そこで初めて主人公の名前が発せられるのだ。名前を持つことで、青年ははっきりと小説のなかの人物となる。骨董店で悪魔契約を交わしたことで、主人公は「カリカチュア」誌の枠、パリで見られる光景の「スケッチ」という枠を脱したのだ。これも〈あら皮〉のもたらす物語駆動力の結果かもしれない。そして、フランス名では「ラファエル」Raphaëlだが、それはそのままイタリアの画家「ラファエロ」のフランス語表記でもあって、つまりその名前によって、骨董店で示されたイエス＝キリストの肖像画の作者を主人公は引き継いでもいる。そのかぎりで、主人公が手にした〈あら皮〉とそのラファエルという名前の組み合わせは、常に悪魔契約の場面を暗示するものとなる。

友人たちはラファエルを「一週間近く前から探していた」（X・八九）という。というのも、「たっぷり二、三十万フランの資本金のある新聞」（X・九二）の創刊を祝って催される宴に彼を連れて行くためで、友人たちには、その新聞にラファエルを組み入れようという魂胆があったからだ。それは「不満分子たちを満足させる反対派の態度をとりながら、平民王〔一八三〇年の七月革命で王位についたルイ＝フィリップのこと〕の国民的政府を害することのない」玉虫色の新聞であり、その創立者は「引退した銀行家」であり、名前をターユフェールという。そして悪魔契約が結ばれたことを知っているわれわれは、主人公が骨董店を出たところで友人たちに出くわし、新聞創刊の祝宴に連れて行かれることで、投身自殺をするつもりだったセーヌ川にかかる橋を越えるとき、「老人の予言が実現し、死の時刻がすでに不可避的に延期された」ことに気づくのである。

祝宴場所のサロンに着くと、やがて「引退した銀行家」（それは「公証人」とも表記される）が姿を見せ、黒服の従僕が扉を開けると、そこは広い食堂で、巨大なテーブルのまわりには客の席が用意されていた。ラファエルはサロンを離れる前にちらっと見やると、「たしかに自分の望みがじつに申し分なく実現されている」（X・九五）ことに気づくのだ。「王侯たちにふさわしいほど豪華な晩餐」はこんなふうにラファエルの目の前にあった。

部屋じゅうが絹と黄金ではりめぐらされていた。無数のろうそくを灯した豪華な大きな燭台がいくつも光りを放ち、黄金の壁面上部のひどく細かな装飾も、ブロンズ彫刻の繊細な細工も、家具の豪勢な色彩も輝いていた。竹で趣味よく作られた花台がいくつか置かれ、めずらしい花々が甘やかな香りを放っていた。飾り布にいたるまで、なにもかもが気取りのない優雅さを表していて、要するに、すべてのものに何かしら詩的な気品がただよっていた。

（X・九五—九六）

こうした豪奢な食堂で、まさに「王侯たちにふさわしいほど豪華な晩餐」が十分に供され、その晩餐は、サロンにもどってのコーヒーとデザートになるのだが、従僕の声に促されて扉のところまで来ると、客の一同は魅せられたようになり、一瞬、動けなくなる。「宴のこの上ない歓びが色褪せてしまう」（X・一〇九）ほどの「気をそそる光景」がそこに待っていたからだ。「素晴らしいシャンデリアのきらめくろうそくの光のもと、金メッキした銀を張ったテーブルのまわりに、とつぜん、女たちが姿を見せた」（X・一〇九）からだ。一瞬、客たちは狼狽するが、新聞を創刊した「元銀行家」のターユフェールが用意した女たちだった。言うまでもなく、祝宴はこうして「情熱に燃えるような女たちを侍ら」した「すべてが完璧になったといわれる時代にふさわしい乱痴気騒ぎ」になっていくが、こうして〈あら皮〉をつかんで思わず発したラファエルの願望が実現することになる。

ところで、バルザックの指摘は七月革命後のルイ＝フィリップ王政の時代を知るうえできわめて重要である。この時代は、それまでの絶対王政とは決定的に異なっている。バルザックは『あら皮』で、「権力はチュイルリー宮から新聞記者に移ってしまい、同様に、国の予算はサン＝ジェルマン地区からショッセ＝ダンタンに移ってしまった」（X・九〇）と作中人物の一人に言わせている。「チュイルリー宮」とは絶対王政のことで、それが新聞記者＝ジャーナリストたちの手に移ったのだ。しかも経済をにぎるのは、「サン＝ジェルマン地区」に住む絶対王政を支えた由緒ある貴族たちではなく、「ショッセ＝ダンタン」に住む新興貴族であり、金を持つ銀行家たちにほかならない。そのことをバルザックは、「政府、すなわち銀行家や弁護士たちからなる貴族階級」（X・九〇）と言っている。つまりタ－ユフェールは資産をたっぷり蓄えた「元銀行家」で、新聞創刊によって「新聞記者たち」の上に立つのであれば、比喩ではなく、この男こそまさに同時代の「王侯」と言わねばならない。この祝宴はつまり、同時代の新たな「王侯」が開くもので、そこにはジャーナリストや文学者をはじめ、当時のパリを代表する人びとが集っていて、それじたい同時代のパリという世界を象徴しているのだ。

ここで、これまで見てきた『あら皮』第一部での主人公・ラファエルの歩みを確認しておくのも無駄ではない。ラファエルはまず、成功することを夢見ながらパリで食いつめ、パレ＝ロワイヤルの賭博場で最後の運を試すものの、負けてしまい、一文無しになる。自殺を覚悟し、セーヌの橋の上で思案する。せめて惨い姿を人目にさらすのを避けようと、身投げを夜まで引き延ばし、時間つぶしに河岸の骨董店に入る。そこで、主人から〈あら皮〉を見せられ、いわば自分の命と引き換えの悪魔契約を結ぶ。骨董店を出ると、友人たちに出くわし、名前もそこで初めて与えられ、自殺を回避せざるを得なくなり、新聞創刊の祝宴に参加することになる。この流れで注目すべきなのは、ビュトールが指摘するように、主人公の動きがパリの〈現在〉を代表する「象徴的な場所」（前掲書・一二六）を結ぶようになされていることだ。ビュトールによれば、「同時代の社会全体を描いている不可欠で象徴的な三つの場所」とは、「賭博場」と「骨董店」と「乱痴気騒ぎ＝宴の会場」（同）にほかならないという。

そして注目すべきことに、この最も同時代を象徴するパリらしい場所をつなぐように、ラファエルは動いている。「賭博場」で一文無しになり、「骨董店」で悪魔契約を結び、新聞創刊の祝宴に参加して「乱痴気騒ぎ＝宴の会場」に身を置くではないか。この三つの場所をつなぐように、バルザックは主人公を生から死へ、死から生へと転換させ、『あら皮』という物語を起動している。

ところでラファエルは、乱痴気騒ぎの最中に「ああ！ ぼくの人生をきみが知ってくれていたらな」（X・一一九）と嘆き、「おお！ お願いだから、前置きは端折ってくれ」（X・一二〇）と友人のエミール・ブロンデに促され、いよいよ自らの過去を語りだす。その語られた内容が「つれない女」と題された『あら皮』第二部であり、〈あら皮〉がラファエルに何をもたらしたかは第三部で語られ、小説は終る。その中心に〈あら皮〉という不思議な一枚のなめし皮があって物語を牽引するのだが、あらためて強調すれば、魔法や神秘という領域ともつながるかたちでバルザックの「哲学的小説」を考える必要があって、それはいわゆるバルザック的になる前のこの作家の、いわば根に当る部分でもあるのだ。そうした「哲学的」側面と、すでに指摘したようなパリの同時代（当時の現在）を代表する場所が『あら皮』には同居していて、この小説は「哲学的小説」でありながら、同時代＝現代のパリを取り入れた「パリ生活情景」や「私生活情景」の物語ともなっている。そしてちなみに、そのことを、バルザックは『人間喜劇』の「総序」で「『あら皮』は、いわば、ほとんど東方的《オリエンタル》ともいうべき奔放な想像力のリングによって「風俗研究」と「哲学的研究」をつないでいる」（I・一九）と言い、それを受けてビュトールは、この小説がそのふたつの「研究」を「つなぐ魔法のリングのようなもの」（前掲書・二二）と指摘している。

注

＊　このような「過去」志向は、やがてしばしば言及することになる古生物学者キュヴィエらがパリの地層から発見した古生物の化石から現存しない過去の絶滅種を復元し、多くの注目を集めたことと無縁ではない。「過去」志向は当時、大きな文化的志向でもあった。

引用

（1）ミッシェル・ビュトール『商人と天才』 Michel Butor, *Le Marchand et le Génie, Improvisations sur Balzac* t.1, Editions de la Différence, 1998, p26.

（2）ヴァルター・ベンヤミン『パリ　十九世紀の首都』、『ベンヤミン・コレクション1　近代の意味』所収、ちくま学芸文庫、一九九五年、三四三ページ。

第二章　キュヴィエあるいは推論的パラダイム

温度差のあるキュヴィエ

『あら皮』を読んでいて、一つのことが気になった。それは、ある名前に対するバルザックの温度差にほかならない。その名前とは、比較解剖学から古生物学までを幅広く射程に収めた博物学者のジョルジュ・キュヴィエである。『あら皮』（一八三一）のなかで、小説家はその名を出しながら熱意を込めて何ページにもわたり業績を称揚しているのに、『人間喜劇』の「総序」（一八四二）に刻まれたキュヴィエの名には、その熱意がまったく感じられなかったのだ。わたしの感じた温度差はあくまで印象の域を出ないが、ともかくそこから第二章をはじめようと思う。キュヴィエの名は「総序」にこんなふうに出てくる。

キュヴィエとジョフロワ・サン＝ティレールのあいだで最近起こった大論争が、科学の刷新に立脚していると考えるなら、とんだ誤りであろう。そこで言われた構成の単一性 unité de composition は、すでに別の言葉で、先立つこの二世紀の最も偉大な人間たちを捉えてきた。（中略）この体系〔「構成の単一性」を指す〕を公表し、信奉したことじたい、この高度な科学の問題点をめぐってキュヴィエと論争して勝利したジョフロワ・サン＝ティレールの永遠の誉れとなるだろう。

（Ｉ・七―八）

引用は『人間喜劇』の「総序」の冒頭近くからだが、ここに二回、キュヴィエの名が素っ気なく刻まれている。一度目は、「キュヴィエとジョフロワ・サン＝ティレールのあいだで最近起こった大論争」というかたちで、二度目は、「キュヴィエに対する勝者であるジョフロワ・サン＝ティレール」というかたちで名前が出てくる。ともに「大論争」に関連してだが、この論争とは、一八三〇年に起こった「アカデミー論争」を指していて、キュヴィエとジョフロワ・サン＝ティレールのあいだで学説をめぐる対立から勃発したものだ。その論争の「勝者」として、バルザックはジョフロワ・サン＝ティレールの名をあげていて、「総序」じたいは、ジョフロワ・サン＝ティレールの発想に依拠して書かれているのだから、そこでキュヴィエが敗者にされても当然と言えるかもしれない。しかし「総序」より前に書かれた『あら皮』などの小説では、何度もキュヴィエが言及の対象になり、明らかにバルザックが彼を重要な存在とみなしていることが分かるだけに、「総序」でのその扱いにわたしは温度差を感じ、その変化を不思議に思ったのだ。

ではいったい、キュヴィエの何をバルザックは重要視したのか。その最初の一歩として、キュヴィエの名の刻まれる『あら皮』の冒頭を見てみたい。そこでは、キュヴィエは科学的な〈知〉を用いて「何十億年」という時間を超える「魔法使い」にも比され、「われらが時代のもっとも偉大な詩人」と称えられ、じつに肯定的に参照されている。

あなた方は、キュヴィエの地質学にかんする著作を読んで、空間と時間の広大さにかつて身を投じたことがあるだろうか。彼の天才に運ばれて、過去という際限のない深淵を、ひとりの魔法使いの手に支えられるようにして覗きこんだことがあるだろうか。モンマルトルの採石場やウラル山脈の片岩のなかに、断層から断層へ、地層から地層へ移るごとに大洪水前の文明に属していた動物を、石化した動物を発見して、心は、人間のはかない記憶からも神の不滅の伝承からも忘れ去られた何十億年という歳月を、何百万という人びとを垣間見て、たじろがないだろうか。そうした歳月と人びとの灰は二ピエ〔約六五センチ〕の土を形成し、われわれにパンや花をもたらしてくれる。キュヴィエはわれらが時代のもっとも偉大な詩人ではないだろうか。（中略）しかしわれらが不滅の博学者は白骨からいくつもの世界を再構築し、発掘した動物の歯からカドモス〔テーバイの伝説上の建設者〕のように都市を再建し、数片の石炭のかけらをもとに動物学上のあらゆる神秘を無数の森にもどし、マンモスの足の化石から巨大動物の群れを発見した。（中略）彼〔キュヴィエ〕は数字をあやつる詩人であり（中略）、わざとらしい魔法の言葉を口にしなくても無を覚醒させ、石膏のかけらを入念に調べ、そこに古生物の痕跡を見つけ、「見たまえ！」と叫ぶ。するととたんに、大理石は動

物の姿をおび、死はよみがえり、世界は繰り広げられる。生物と化し、死は甦り、世界は繰り広げられる!（X・七四―七五）

引用したのは、主人公の求めに応じて骨董店の小僧が主人を呼びに行っているあいだの記述である。小説技法的には、主人公が店主を待っている間《ま》を利用してキュヴィエを語ることで、物語の停滞を埋めている。しかも、科学によって膨大な時間を超える「魔法使い」キュヴィエの参照は、過去へと時間をひきもどす骨董店の雰囲気を描くにはうってつけだが、そうした小説的効果には収まり切らない、「われらが不滅の博物学者」キュヴィエに対する小説家の深い驚嘆と称賛がここには感じられる。

「形態相関の原理」から見えるもの

ところで、この個所をいっそうよく理解するには、キュヴィエについて補足する必要がある。キュヴィエは一七九六年、科学アカデミーで自身の最初の古生物学関係の論文を講読する。それは化石のゾウの種と現存のゾウに関するもので、彼はパリ植物園内の自然誌博物館のコレクションにあったわずか二個体の断片にもとづき、シベリアのマンモスと北アメリカのマストドンは現在のゾウと同一の属だが異なる種であると結論した。つまり、マンモスとマストドンが絶滅種だと明らかにしたのだ。そうした史実に、『あら皮』の「マンモスの足の化石から巨大動物の群れを回復した」という引用個所は呼応している。ゾウの化石骨については、エドモン・テクシエが『タブロー・ド・パリ』（一八五二）において自然誌博物館の陳列室を紹介するなかで、こう言及している。

大洪水前の時期に地球上に生息していた特異な生物や、地中のますます深いところに埋まっているのが発見される古い破片でしかももはや知らない特異な生物の、ぎりぎりの残滓を保管している化石の陳列室は必見に値する。そこには、われわれが今日知っているゾウよりはるかに大きなゾウの骨があって、それをジョルジュ・キュヴィエはマストドンとマンモスと命名した。[1]

マストドンもマンモスも、命名はキュヴィエによる。そうしたことは、当時、パリを語る際に省くことができないほど市民に知られていた。そして、『あら皮』の引用個所で語られる「モンマルトルの採石場」にかかわる出来事が起こる。一八〇六年、モンマルトルにある石膏を切り出す採石場から、小さな馬くらいの大きさで、足が太く短く長い尾をもつ哺乳類の化石が発見されたのだが、キュヴィエは、この第三紀の偶蹄類である「アノプロテリウム」を復元してみせたのだ。バルザックの『禁治産』（一八三六）には、「キュヴィエがアノプロテリウムを復元したように」というかたちで、そのことが言及されている。キュヴィエは当時、ブロンニャールらとパリ近郊の地質調査を大がかりに行なっていて、その成果は、一八〇八年に『パリ近郊の鉱物地理にかんする試論』として、さらに一八二二年には、海洋や湖沼に起源をもつ地質や生物の残滓についての考察を加えて、改訂版『パリ近郊の地質学的記述』として刊行される。そこには、モンマルトルの地質とそこで発見された化石骨が詳細に報告されている。自然誌博物館にある資料とモンマルトルの採石場で発見した大量の化石から、キュヴィエは「ゾウ、カバ、サイ、アルマジロ、シカ、および畜牛の絶滅種を再編」[2]した。

一八一二年、キュヴィエはそうした古生物学の論文をまとめ、四巻からなる『四足獣の化石骨研究』を刊行する。一八二一年から二四年にかけて『四足獣の化石骨研究』の第二版が新たな情報を盛って全七巻で刊行されると、とりわけその「序説」は名著として広く読まれ、独立して『地球の理論にかんする叙説』（一八二一年、以下『序説』と表記）というタイトルで再び出版され、一八二五年には『地球の表層の変動とそれが動物界にもたらした変化にかんする叙説』というタイトルで再版され、以降なんども版を重ねる。この『序説』のもたらした衝撃について、トビー・A・アペルは『アカデミー論争』のなかで、「地球の歴史における過去の時代のヴェールを剥ぐ、魔術と見紛うキュヴィエの仕事は、同時代の人びとに大きな衝撃を与え、彼を大衆的英雄にしてしまった」（前掲書・七一）と語っている。「魔術と見紛う」という表記に、バルザックが『あら皮』に記した「魔法使い」に通じる同時代の空気が感じられる。

キュヴィエを「大衆的英雄にしてしまった」のには、『序説』に専門外の者にもわかりやすい部分があったことにも関係している。たとえば、「今日では、二つに分かれた蹄の足跡を見た者なら、それをもとにその痕跡 empreinte を残したのは反芻動物だと結論できる」[3]とキュヴィエは語り、その結論は物理学における他の結論と同じくらい確実だという。しかも、「その足跡だけで、それを観察する者には、そこをいましがた通った動物の歯の形から顎の形、推骨の形、足、腿、骨盤といったすべての骨の形が与えられる。これはザディーグの用いた痕跡 marque よりもいっそう確実な指標 marque である」*（同前）とさえ言っているのだが、そこにないはずの骨まで断言するさまから、バルザックはキュヴィエの方法を「魔法使いの手に支えられるかのようにして」と語ったのだと思われる。

もちろん、キュヴィエは『序説』のなかで、いま述べたようなことをより専門的な言葉で語っている。

幸い、比較解剖学は一つの原理を有していて、そのよく発達した原理のおかげで、あらゆる支障を解消することができた。それは、有機的存在〔生物〕における形態の相関 corrélation の原理であり、それを用いれば、いかなる有機的存在も、やむを得ない場合、その個々の部分のどの断片からも識別できるだろう。

あらゆる有機的存在は一つの全体を、閉じた一つの体系を形成していて、そのすべての部分は相互に対応している。（中略）そうした部分のどれ一つとして、〔対応する〕他の部分が同様に変わることなしに変わることはあり得ない。したがって、ばらばらに取りだされた一つ一つの部分は、他のすべての部分の指標となり、それらを与えてくれるのである。

（前掲書・九七）

これは「形態相関の原理」とも「部分相関の原理」とも呼ばれる原理を説明したものだが、キュヴィエは古生物学を打ち立てる前に、比較解剖学の領域を切り開いていて、その分野で確立したこの原理を、古生物学の領域に援用している。生物には生存の条件とその機能（動き）によって「形態の相関」が生じる。たとえば、肉食を条件にしている動物では、生存するのに獲物を捕らえる牙と顎、肉を消化するのに適した胃や小腸などが必要になる。だからその一本の歯の形態が動物の肉を捕食するのに必要な形をしていれば、そこから他のすべての部分が推論される。「蹄をもつ動物であればすべて草食にちがいない。なぜなら、草食動物は獲物を捕まえる必要がないからだ」（前掲書・一〇〇）という具合である。そのことをミシェル・フーコーは『言葉と物』で、「たった一つの要素があれば（中略）一つの有機体〔生物〕の全体構造を示唆することができる」[4]と述べている。キュヴィエのこうした「部分相関の原理」を化石骨に応用すれば、一片の骨の化石からその全体を復元することができるようになる。地層から「ばらばらに取りだされた一つ一つの部分は、他のすべての部分の指標となり、それらを与えてくれる」からだ。

こうして自然誌博物館にあったわずか二個体の断片からキュヴィエがシベリアのマンモスと北アメリカのマストドンを復元したことを、バルザックは『あら皮』に「(キュヴィエは）マンモスの足の化石から巨大動物の群れを回復した」というかたちで取り込むのだが、そこに同時代の知への彼の関心ぶりも、さらにはそこで用いられる原理への理解も見てとれるだろう。言い換えれば、バルザックはこの「形態相関の原理」に潜む断片から全体を推論できるロジックに魅了されたのである。これはバルザックにとって、きわめて重要な発見であったと思われる。だから『あら皮』で、キュヴィエの名前を出して長々とその仕事を語り、称揚したのだ。「総序」でジョフロワ＝サンティレールに軍配をあげるにしても、少なくとも『あら皮』刊行当時のバルザックはキュヴィエの原理を重要視している。私見によれば、その原理にはらまれる論理のうちに、この小説家は特に三つのことを見抜いていると思われるが、その一つは時代の〈知〉にかかわるエピステモロジックな視点に関係し、そこから派生する他の二つは、バルザックが小説を書いていく上できわめて重要な役割を果たしている。ではいったい、この原理にはらまれるそれら三つのものとは何なのか。

推論的パラダイム

バルザックがキュヴィエの「形態相関の原理」(「部分相関の原理」)のうちに認めたのは、断片から全体を導きだす際に用いられた推論というロジックである。推論的な方法は、キュヴィエのような博物学者(動物学者・比較解剖学者・古生物学者をふくむ)にとどまらず、医者や検事や判事、さらには化学者や物理学者など科学者一般にまで共有されていて、『禁治産』(一八三六)や『絶対の探究』(一八三四)にそうした言及がある以上、バルザック自身、この推論という方法のもつ意味と広がりに目を向けていたことが分かる。その『禁治産』には、次のようなくだりがある。

司法上の慧眼によって、ポピノ〔名医ビアンションの伯父で、貧者を援助する誠実な判事〕は、二重の嘘の外皮を見破るのだった。その外皮の下に、原告や被告は訴訟の内実を隠しているのだ。高名なデプラン〔ビアンションの師にあたる名医〕が外科医であるように判事であったポピノは、この学者が身体を見抜くように、良心を見抜いた。彼はその生活ぶりと品行のおかげで、事実の検証によって、どんなに秘密にされた考えでも正確に推し量ることができた。キュヴィエが地球の腐植土を入念に掘り返すように、ポピノは訴訟を深く掘り下げた。この偉大な思想家のように、ポピノは結論にいたるまで推論につぐ推論により、良心の過去を再現した。ちょうどキュヴィエがアノプロテリウム〔第三紀の偶蹄類〕を復元したように。（Ⅲ・四三二）

キュヴィエの依拠した方法は、『禁治産』の判事ポピノばかりか高名な医師デプランにまで共有されている。キュヴィエが「地球の腐植土を入念に掘り返すように」、ポピノは「訴訟を深く掘り下げ」る。外科医デプランが「身体を見抜くように」、この判事は「原告や被告」が「嘘の外皮」の下に隠している「訴訟の内実」を「見破」り、「良心を見抜いた」と書かれている。そのとき、ポピノは「推論につぐ推論により、良心の過去を再現」するのであり、「キュヴィエがアノプロテリウムを復元したように」と語られている。博物学者と医者と判事に共有されているのは、まさに推論という方法なのだ。しかも、推論という方法は踏破すべき不可視の厚みを共有している。化石骨を扱う博物学者（古生物学者）は「地球の腐植土」という地層の厚みに向き合い、化石骨を拾い、医者は「身体」という厚みに向き合い、症状（病気）の原因を探り、判事は嘘という「外皮」の厚みの下に隠されている「訴訟の内実」に到達し、「良心の過去」に達しなければならない。

この不可視の厚みが立ちふさがるからこそ、そこを踏破する推論という方法が必要になるのだが、この推論的な方法は、人間科学の領域で広く共有される時代を画する〈知〉にほかならない。その点を、カルロ・ギンズブルグは『神話・寓意・徴候』の五章「徴候――推論的パラダイムの根源」のなかで、「原因の再現が不可能な時は、結果から原因を推論するしか道が残されていないのである」[5]と指摘している。時間であれ、身体であれ、訴訟の内実であれ、不可視の厚みこそが「原因の再現」を不可能にしているのだ。推論という方法は、その不可能性を克服する方法であり、古生物学者も医師も判事も、化石骨であれ、症状であれ、嘘の外皮であれ、見える「結果」から見えない「原因」を推論するのである。

バルザックは『絶対の探究』で、化学を学んだクラースという男に財産を食いつぶすほどの実験三昧をさせているが、物語のなかでその師とされるラヴォワジエのような化学者もまた同じ〈知〉を駆使している。化学史から有名な例を引けば、ラヴォワジエは燃焼という現象に対し、フロギストンなる物質によって燃焼を説明する仮説（この仮説じたい、当時、燃焼という現象が不可視の厚みをかかえていたことを示している）を、精密な器具を用いた実験によって退けた。それが水の合成実験であり、ラヴォワジエは二種類の気体をいっしょに燃やすと水ができることを示したのだ。そのとき、この二種類の気体は「可燃性の空気」と「純粋な空気」と呼ばれていたが、これがそれぞれ水素と酸素にあたる。ラヴォワジエはまた、水の分解実験にも成功し、水が水素と酸素に分解されることを示した。こうした実験を通じて、フロギストン説を完全に駆逐したのだが、実験じたい実験《データ》結果から真実をさぐる方法にほかならないのだが、そのプロセスこそ、実験で得た結果から原因をつきとめるという意味でまさに推論的なのだ。実験を貫くのは、結果から原因を推論する思考にほかならない。

医者にしても、じかに観察できない肉体の厚みを踏破し、病気を診断する。この肉体の厚みを、フーコーは「解剖＝臨床医学的な容積《ヴォリューム》」と呼んでいて、『臨床医学の誕生』でこう言っている。「医者のまなざしは、それまで自分に開かれていなかった道を踏破しなければならなくなる。それは症状の外観から組織の表層へ向かって行く縦の道であり、あらわなものから隠れたものへと掘り下げて行く深さの道であり、ある項目から別の項目へと本質的な必然性のネットワークを決定しようと欲するなら、たえず二つの方向にむかって踏破すべき道なのである。(6)」フーコーの言う「それまで自分（医者の視線）に開かれていなかった道」こそが「解剖＝臨床医学的な容積《ヴォリューム》」なのだ。文字通り「症状の外観から組織の表層へ向かって行く縦の道」であり、「あらわなものから隠れたものへと掘り下げて行く深さの道」にほかならない。この「深さの道」が肉体の厚みであって、それをキュヴィエの革新性を述べる『言葉と物』のフーコーの言葉で言い換えれば、「やがてキュヴィエ以降、種の同定は同じように相違性のはたらきによって決まるのだが、そのとき相違性は、内部の依存関係の体系（骨格、呼吸、循環といった）を有する有機体の大いなる統一性を背景に現れるだろう」（前掲書・一五七）となる。つまり、種を同定する際、キュヴィエは「内部の依存関係の体系（骨格、呼吸、循環といった）を有する有機体」を重視したのだが、この有機体＝生物の有する「内部の依存関係の体系」こそが、いまわれわれが不可視の身体の厚みと呼んだものにほかならない。しかも「キュヴィエ以降」とある通り、彼の方法は、古生物学も依拠した比較解剖学とともに、パラダイムにかかわるような新たな変化をもたらしたのである。

ところで、当時の比較解剖学の重要性について分かる細部が『ゴリオ爺さん』（一八三五）に出てくる。医学生のビアンションに関して、「植物園でのキュヴィエの講義から出て来るとき」（Ⅲ・一六五）とか「キュヴィエの講義から帰る途中」（Ⅲ・一九三）といった言及があって、というのも当時、医学生にとってキュヴィエの比較解剖学の講義は必須だったからだ。じつは、物語の時代設定とされている一八一九年当時、キュヴィエは自然誌博物館で比較解剖学を担当する教授ではあるものの、一八一三年以降、参事院（行政府兼準裁判所だった）に高級官僚《コンセイユ・デタ》として勤め、翌年以降は自然誌博物館での講義は代理講師（弟子のブランヴィル）にほとんどまかせていて、キュヴィエの講義が聴けるのは小説のなかだけだが、なぜ医学生が比較解剖学の講義に出席するのかといえば、ナポレオンによって新たに組織された当時の大学機構においては、かなり自由に他の機関での講義や授業を受けることができたし、そうしなければ充分な知識が得られなかったからだ。そしてそれ以上に、医者にとって解剖学の知識と技術に習熟することは必須で、自然誌博物館での解剖学の講義は医学生の教育に欠かせなかったのである。アペルは『アカデミー論争』で、「一七九五年以降教育を受けた動物学者と比較解剖学者は、ほとんどが医学の学位を取得した。一方では、研究に関心を持つ医学生は、〔自然誌〕博物館やコレージュ・ド・フランスや理学部での自然誌や比較解剖学の講義にちょくちょく顔を出した」（前掲書・一〇三）と指摘している。

つまり当時の、解剖学という身体の厚みを踏破する技法は、人間の身体を扱う医学にも、他の有機体を扱う領域にも共有されていたということだ。そしてフーコーによれば、そこに時代を画する〈知〉の変化があらわになる。古典主義時代の〈知〉が可視的な「示差的特徴」（形態、数、配置、大きさ）で分類されるのに対し、この新たな〈知〉は不可視の（言い換えれば、厚みのある）有機体の生命を扱い、これが古典主義時代の可視的な分類に依拠した〈知〉を粉砕するという。その意味で、比較解剖学も古生物学も新たな〈知〉のパラダイムに属している。そうした〈知〉のパラダイム変化に、バルザックは敏感に小説の領域で反応した。そしてこの不可視の厚みを踏破する〈知〉を、別の言葉でいえば、「推論的パラダイム」となるのである。

ところで、その「推論的パラダイム」について、カルロ・ギンズブルグは次のように言っている。

十八世紀に状況が変わった。ブルジョワジーが正真正銘の文化攻勢をかけたのだった。ブルジョワジーは推論的なものもそうでないものも含めて、職人や農民の英知の大部分を横領し、成文化すると同時に、すでに反宗教改革とともに始まっていた（中略）巨大な文化攻勢を強化した。もちろんこの攻勢の象徴であり、主要な手段となったのは『百科全書』である。（中略）増大する読者は書物によって特定の経験に接する機会を増やしていった。ブルジョワジーにとって小説は通過儀礼（あるいは一般的な諸体験）の代替物となった。そしてまさに想像力の文学のおかげで推論的パラダイムはこの時代、予想外の新たな成功を収めたのである。

（前掲書・二一〇—一）**

歴史学者のギンズブルグは、ブルジョワジーが文化攻勢をかけたとまで言っている。職人や農民が実践していた素朴な推論的〈知〉を、ブルジョワジーが横領し、成文化したのであり、その象徴が『百科全書』にほかならないという。しかも、そうした文化攻勢を支えたのがこの推論的〈知〉であって、その推進力となったのが「想像力の文学」であり、もっとはっきり言えば、それはブルジョワジーの文化のもとで花開いた近代小説ということになる。その意味で、歴史の表舞台に新たに登場したブルジョワジー全盛の時代に書かれたバルザックの小説に、色濃く推論的パラダイムを示す記述や発想が見られることじたい当然であって、小説というジャンルじたい、ブルジョワジーの文化攻勢を推進する代替物にもなったのである。だからこそ、これまで見てきたように、バルザックの小説と推論的〈知〉のあいだには親近性が色濃く存在するのだ。この推論的なロジックこそが、バルザックが小説を書くうえで重視したと思われるキュヴィエの原理に潜む三つのうちの一つにほかならない。そして他の二つについては、小説ジャンルの具体にかかわるため章を改めて語ることにする。

注

＊「ザディーグの用いた痕跡」とは、ヴォルテールの小説『ザディーグ』の同名の主人公が推論的な〈知〉を発揮して、地面に残された痕跡＝指標からそこを通った動物を推定するエピソードにかかわっている。ちなみに『ザディーグ』のその個所には、「私は砂の上に動物の足跡を見ました。そしてすぐに小さな犬の足跡だと分かりました。足跡の間のわずかに盛り上がった砂の上に、浅く長い筋が刻まれているのを見て、それが何日か前に子犬を生んで、乳房の垂れ下がった雌犬だと見分けたのです」（Voltaire, *Zadig ou la destinée*, in *Romans et contes*, Classiques Garnier, Garinier Frères, 1960,p.8.）とあって、推論的な〈知〉の実践の例としてよく参照される。

＊＊訳文は邦訳を参照したが、本論の文脈に合わせて一部の訳語を変えていることをお断りする。

引用

（1）エドモン・テクシエ『タブロー・ド・パリ』第一巻　Edmond Texier, *Tableau de Paris*, Paulin et le Chevalier, Paris, 1852, t.I, p184

（2）トビー・A・アペル『アカデミー論争』西村顕治訳、時空出版社、一九九〇、七一ページ Toby A. Appel, *The Cuvier-Geoffroy Debate--French Biology in the decades before Darwin*, Oxford University Press, 1987, p.43.

（3）キュヴィエ、フラマリオン版『序説』Georges Cuvier, *Recherches sur les ossemens fossiles de quadrupèdes: Discours préliminaires*, Flammarion, 1992, p97.

（4）ミシェル・フーコー『言葉と物』Michel Foucault, *Les mots et les choses*, Gallimard, 1966. p283.

（5）カルロ・ギンズブルグ『神話・寓意・徴候』竹山博英訳、せりか書房、一九八八、二一三ページ

（6）ミシェル・フーコー『臨床医学の誕生』Michel Foucault, *Naissance de la Clinique*, Presses Universitaires de France, 1963, p137-8.

第三章　過去への遡行・アナロジー・冒頭描写――バルザックの方法

推論・描写・過去への遡行

キュヴィエの「形態相関の原理」がバルザックに示唆したと思われるものについて、引きつづき語ろう。キュヴィエ自身、自らの原理にしたがい断片から全体を回復した。マンモスの復元を例にとれば、与えられた化石断片という結果から失われた全体像という原因を推論したことになる。この、部分から全体を復元するプロセスには、バルザックが『あら皮』に記したように、「過去という際限のない深淵」があいだに立ちはだかる。つまり、断片から全体にたどり着くには、そのあいだに不可視の厚みとしての膨大な時間が存在するのであり、キュヴィエは自らの原理でこの失われた時間という厚みを踏破したと言えるだろう。その原理から派生した、バルザックの小説執筆にかかわる二つのことについて、これから順に語ろうと思うが、その一つが、いま指摘した時間の踏破に関連している。そのきっかけを与えてくれるのが、外科医デプランを主人公にしたバルザックの『無神論者のミサ』（一八三六）の冒頭のこんな一節である。

デプランは神のような眼力を持っていた。後天的なのか生まれながらのものなのか、直感によって病人とその病を見抜き、それによって、その当人に特有の診断をたちどころに下し、手術すべき正確な時を、時間と分を決めることができた。（中略）デプランは、キュヴィエの天才が依拠する推論と類推の力にしたがって、行動したのだろうか。いずれにせよ、この男は肉体の打ち明け相手となったのであり、肉体を、現在に依拠しながら過去においても未来においても把握したのだった。（Ⅲ・二八六）

病を見抜くデプランの「神のような眼力」を話題にしながら、バルザックはこの医者が「キュヴィエの天才が依拠する推論と類推の力にしたがって、行動したのだろうか」と語り、キュヴィエの名とともに推論について触れているが、そこには「推論的パラダイム」に付随する新たな要素が現れている。「肉体を、現在に依拠しながら過去においても未来においても把握した」とあるが、「現在」に依拠しながら「過去」を把握するとは、肉体の現在（つまり現れている徴候としての結果）から、その過去（つまり徴候の原因）を推論するということであり、さらにそこから「未来」を把握するとは、肉体の現在（現れている徴候）を、今度は新たな原因としてその兆候の行方（結果）を推論することにほかならない。新たな要素とは、原因と結果を結ぶ推論というロジックに加わった時間という要素であって、現在＝結果から過去＝原因へと向かう推論は、「過去への遡行」というかたちを帯びることで、小説を書く上で重要な役割を担い得るのである。そう考えると、「キュヴィエの天才に運ばれて、あなた方は過去という際限のない深淵を、ひとりの魔法使いの手に支えられるようにして覗きこんだことがあるだろうか」という『あら皮』の記述も、推論がもたらす「過去への遡行」につながっていたことがわかる。

推論的な〈知〉のうちに、「過去への遡行」のための論理を見抜くこと。バルザックは小説執筆の実践のなかで、この論理を自らの物語に用いている。『絶対の探求』の冒頭（それも巻頭から第二段落目である）を参照するとき、この小説家はさらに新たな要素をこの「過去への遡行」に加えている。少し長い引用になるが、草稿段階での記述を必要に応じて〔　〕で並記しておく。

ドゥエーのパリ通りにある一軒の家は、その特徴といい、内部の間取りといい、細部といい、他のいかなる住居よりもフランドルの古い建築の特徴を保っていた。（中略）しかしその家屋を描写するに先立ち、作家の側の利益のために、教育的な前置きの必要性をおそらく明らかにしておかねばならないだろう。なかには何も知らないのにがつがつと先を読みたがって、そうした前置きに異を唱える人たちもいるが、それは、どうしてそうなるのか原因を経ずに感動ばかりを求め、種子のないのに花を、妊娠しないのに子供を欲しがるようなものだ。（中略）

公的生活であれ私生活であれ、人間生活のさまざまな出来事は、建築物ときわめて緊密な関係を結んでいるので、ほとんどの観察家は、国家であれ個人であれ、そのありし日の本当の姿を、その公的な記念建造物の残骸をもとに、あるいはその家庭内の遺品 reliques によって復元することができるほどである。考古学の社会的自然にたいする関係は、〔キュヴィエの〕比較解剖学の有機的自然にたいする関係にほかならない。魚竜〔アノプロテリウム〕の骨ひとつが被造物の全体をふくむように、モザイクひとつが社会全体を明らかにするのだ。すべては互いに推論され、連関する。いかなる結果からも原因に遡行できる remonter ように、原因はおのずと結果を推察させる。そうやって学者は、古《いにしえ》の時代のイボくらいのものまで甦らせる。それゆえおそらく、建築物の描写は、それを行う作家の気まぐれでその建物の要素が損なわれなければ、驚くほどの興味を惹き起こす。だれしも厳格な推論 déductions によって、そうした描写を過去に結びつけることができるのではないか。そして人間にとって、過去はひどく未来に似ている。つまり、人間に対しかつてあったことを物語るのは、ほとんどつねに、これからあるであろうことを物語ることではないか。

（X・六五七―八）

『絶対の探究』の草稿段階では、カッコで示したように「キュヴィエ」の名が記されていた。しかも、ジュラ紀の魚の形をしたトカゲ目の化石である「魚竜」ichthyosaure は、草稿段階では、モンマルトルの石切場から一八〇六年に採集された「アノプロテリウム」となっていて、それだけ忠実に史実に寄り添っていたことになる。キュヴィエの名前は、すでに『あら皮』で見たのと同じ古生物学的な文脈（ここでは「比較解剖学」という言葉が付されていた）を周囲に形成しているが、それを、推論的な文脈と言い換えることができる。プレイヤード版の注によれば、「この魚竜にキュヴィエが同様に興味を抱いたのは、より後年」だが、「キュヴィエがフランスではじめてこの特異な属〔魚竜〕に学者たちの注意を喚起したのであり、これについて彼は『四足獣の化石骨研究』の第五巻で長々と語っている」(X・一五八〇)とある。このことは、バルザックがキュヴィエの著作を熱心に、継続的に読んでいた(なにしろ『四足獣の化石骨研究』五巻目は、改訂版で増補した部分なので)ことを物語っているが、いま注目したいのは、引用した個所に、「だれしも厳格な推論によって、そうした描写を過去に結びつけることができるのではないか」と記されていることだ。

これは、バルザックがキュヴィエとその推論を描写との関連でとらえていることを示している点で、決定的な言葉である。それも、推論が「描写を過去にむすびつけ」ている、とバルザック自身が指摘しているのだ。バルザックは、描写が推論を介して過去にむすびつくことを見抜いていた。そこには、結果としての描写を原因としての過去に、推論という論理でつなぐことができる、と見切る小説家の視力が示されている。近代の小説家のなかで、バルザックほど作品冒頭の描写を過去の出来事(それが原因である)とつながるように書いた小説家はいない。ではいったい推論という論理を、この小説家はどのように描写と過去をむすびつけるのに用いているのか。

バルザックが推論によって「描写を過去に結びつける」というとき、その描写はとりわけ小説の冒頭に長くつづく描写にほかならない。『絶対の探究』に即していえば、「ドゥエーのパリ通りにある一軒の家」の描写ということになる。引用にも、「建築物の描写」と出てくるではないか。比較解剖学

（古生物学）が、具体的には「魚竜（アノプロテリウム）の骨ひとつ」からその「被造物の全体」を推論できるように、社会（人間関係の集合体）においては、建物の「モザイクひとつが社会全体を表示する」とバルザックは考える。そこに、推論が可能にする類推が働いている。その根底には、建物や人物の描写にかぎらず、描写されたものなら何であれ、その細部からその全体が推論＝類推されるというバルザック的発想がある。そしてそれは、これまで見てきたように、キュヴィエの原理（「形態相関の原理」＝「部分相関の原理」）につながるものだ。『絶対の探究』の冒頭に、「すべては互いに推論される」という言及のあとで、「いかなる結果からも原因に遡行できる remonter」という言葉を読むとき、「遡行」という言葉が否応なく過去をふくむように、現在＝結果から過去＝原因に向かう推論的な論理の方向性が、バルザックの小説においては、冒頭に掲げられた結果としての描写からその原因（冒頭で描かれた状態をもたらした過去の要因）への「遡行」、つまり過去語りとなっていることがうなずける。

冒頭の長い描写を一つの結果として受けとめること。そのとき、描写＝結果はたどり着くべき原因としての過去の出来事を持つのであり、はっきりいえば、そのようなバルザック的描写は「過去への遡行」をすでに推論的ベクトルとしてふくんでいる。そしてこの「過去への遡行」こそがいわゆる物語部分となる。現に、『絶対の探求』では、この冒頭の長い描写のあと、語りは主人公とその家族の過去へと遡行する。

だからなのだ、バルザックの小説の多くが、冒頭の長い描写から、一転、主人公たちの過去へと語りを遡行させるのは。あるいは、事情はむしろ逆かもしれない。バルザックは、物語の展開において、むしろ主人公たちの過去を語ることが必要であるからこそ、冒頭において、いわば過去への推論＝遡行を可能にするような描写（それじたい一つの化石骨であり、一つのモザイクなのだ）を布置するのではないか。いずれにしろ、いとも当然といった面もちでバルザックは、冒頭の長い描写のあと、ほぼ必ずそのような結果を招いた過去を語りだす。そしてその過去は、冒頭で描かれた光景や場面の原因を示している。殺人事件の推理小説を考えれば理解しやすいのだが、最初に示される殺人や殺人現場が冒頭の長い描写に対応し、探偵や推理者が犯人を推理するプロセスが「過去への遡行」や過去語りに対応している。それこそが、推理小説と地続きの近代小説（少なくともバルザック的近代小説）の、決まった物語構造《パターン》にほかならない。だから、小説家が言葉を用いて向き合う描写という言葉のフィールドは、古生物学者が向き合う化石骨をふくむ地層というフィールドと同じく、医者が向き合う身体というフィールドと同じく、さらには化学者が向き合う実験結果というフィールドと同じく、推論的な〈知〉に貫かれた地平にほかならない。

　冒頭で長い描写を提示し、次いで過去を語る、というバルザック的な物語構造じたい、推論的な〈知〉の行使される不可視の厚みを有している。* 小説家＝バルザックは、医者が病の徴候から身体の厚みへとその原因を求めて探りをいれていくように、そしてその具体的な方法として解剖学が機能したように、冒頭の描写（それは徴候の現れる皮膚という表層に相当する）の下に広がる過去を語る言葉の厚み＝物語へと降りていくのだ。降りていくとは、言葉でもって物語の身体の厚みを組織するということだが、その意味でも、バルザックの小説にはきわめて濃厚に同時代の〈知〉が共有されている。

バルザック的類推＝アナロジー

では、小説家が物語という言葉の身体に向き合うとき、いったい何を携えているのか。医者が解剖学の〈知〉（そこには技術もふくまれる）を携え身体の厚みに降りていくとすれば、バルザックは何を携えて言葉の身体へと降りていくのか。それこそがキュヴィエの原理のうちにバルザックが認めた三つ目にかかわっているのだが、いったいそれは何なのか。じつはこの三つ目のポイントもまた、すでに引用した『無神論者のミサ』の個所に刻まれている。そこには、「〔医師の〕デプランは、キュヴィエの天才が依拠する推論と類推の力にしたがって、行動したのだろうか」とあった。バルザックの小説執筆にもかかわるその三つ目とは、その「類推」にほかならない。

この引用で注目したいのは、「推論と類推の力」というかたちで「類推」と「推論」が並んでいて、その二つに「キュヴィエの天才が依拠する」と修飾が付されていることだ。「推論」がキュヴィエの「形態相関の原理」（「部分相関の原理」）に深くかかわっていることはすでに見たが、では、どうして「類推」までもがキュヴィエの同じ原理にかかわるとバルザックは言うのか。原文では「類推」にanalogieという語が使われているが、いったいバルザックにとって「類推＝アナロジー」とキュヴィエはどのように重なり得るのだろう。

仏和辞書を見れば、analogieは一般的には「類似」を意味し、言語学的な意味では「類推」、生物学的な意味で使われれば「相似」と訳語が付され、辞書によっては「鳥の翼と昆虫の翅《はね》」と具体例が挙げられている。そしてバルザックの『無神論者のミサ』の冒頭に「類推」analogieという語を確認したとき、わたしはフーコーが『言葉と物』でキュヴィエについて述べていたくだりを思い出していた。それは「労働、生命、言語」の章の「三　キュヴィエ」に出てくるこんな言葉である。

「すべての動物に観察される各種の器官に共通するのは、ほんのわずかなものに限られるのであって、そうした器官が類似するのは、しばしばそれらの生み出す結果のみである。なかでも呼吸についていえば、種々の綱において、構造にはなんら共通点が見られぬくらい異なった器官をつかっておこなわれていて、それだけに人の注意を惹いたにちがいない」。こうして機能との関係において器官を観察するとき、少しも「同じ」要素がないところに「類似関係」があらわれる。この類似関係は、機能という明らかな不可視性へと移行することで形成される。鰓《えら》と肺に、異なった形態や大きさや数がいくつか共通にあったとしても、要するに問題ではない。鰓と肺が類似しているのは（中略）いずれも「一般に呼吸する」のに役だつ器官の二つの変種だからである。（前掲書・二七六—七）

参照したこの部分は、冒頭のカッコが示すように、いきなりキュヴィエの『比較解剖学講義』からの引用（第一巻・三四—三五）ではじまっているが、キュヴィエがもたらしたものについて分かりやすく語られている。キュヴィエが有機体の器官に出会うのは、言うまでもなく、比較解剖学の〈知〉をもって生物＝有機体の身体の厚みへと降りたからだが、そのとき彼が拒否しているのは、可視的な、外示的な類似性である。彼が注目するのは、有機体のなかでの機能の類似性であって、一例として、鰓と肺をあげながら、これらの器官は形態や大きさなどの点で異なっている（外示的な類似性はない）が、その機能において類似性が認められる、とフーコーはキュヴィエの注目した「類似関係」について指摘しているのだ。それは、不可視の領域にあった機能という新たな類似点の出現であり、かみ砕いていえば、同じようには見えないもののあいだに確認される見えない類似性という点で、可視的な分類に依拠する古典主義時代にはない新たな類似性なのだ。そうした類似性を秘めているキュヴィエの原理を受けて、バルザックは『無神論者のミサ』に「キュヴィエの天才が依拠する推論と類推の力」と記したということだ。つまり、バルザック的な「類推＝アナロジー」は、一見（つまり外見的に）似ていないもののあいだに類似性を認める点において、キュヴィエに依拠していると同時に、古典主義時代の類推＝アナロジーには収まらない近代の類推＝アナロジーだといえるのである。** その意味で、キュヴィエ的推論に支えられた「類推＝アナロジー」は、あえていえば、異なって見えるもののあいだに類似性を見いだす点に特性がある。この、異なっていることじたいが不可視の厚みに相当し、バルザック的アナロジー＝類推とは、その厚み踏破することで類似を見つける方法にほかならない。異なるものに類似性を認めるには、近代にあっては、まさに推論的な視力が必要とされるのであって、こうした「類推＝アナロジー」こそが、バルザックがキュヴィエから受けた三つ目のものにほかならない。そうした視力をもって、バルザックは小説という言葉の身体に降りていくのである。

一例——分析の実践から見えてくるもの

その上で、前章でふれた『絶対の探究』の引用個所を読み直すと、バルザックにとって「推論と類推」がいっしょに並ぶ理由がよく理解できる。

> 考古学の社会的自然にたいする関係は、〔キュヴィエの〕比較解剖学の有機的自然にたいする関係にほかならない。魚竜〔アノプロテリウム〕の骨ひとつが被造物の全体をふくむように、モザイクひとつが社会全体を明らかにするのだ。すべては互いに推論され、連関する。いかなる結果からも原因に遡行できるように、原因はおのずと結果を推察させる。（X・六五七―八）

じつは、このくだりだけでも二重に「類推」が用いられていて、それを実例として、バルザック的類推＝アナロジーについて見ておきたい。最初の「類推」は、見ただけでは同じようには思われない「比較解剖学」と「考古学」のあいだで想定されている。それだけを比べるとき、類似性は現われてこないが、そこに「有機的自然」と「社会的自然」というかたちで「自然」を介在させるとき、両者に共有される構造的な類似性（外在的な類似性ではない）が推論＝類推されるようになる。そして二つの目の「類推」は、「比較解剖学」の対象となる「魚竜」と「考古学」の対象になる「社会」のあいだで成り立っている。「比較解剖学」を用いれば、化石骨一つから「魚竜」全体が復元されるように、「考古学」的な視線を当てれば、モザイク一片からそれを用いている「社会全体」が明らかになる。「魚竜」と「社会」だけを比べれば、類似性＝アナロジーなど見えてこない。しかしそこには、部分から全体が推論＝類推できるというかたちで構造的なアナロジーが成り立っているのだ。言うまでもなく、「比較解剖学」も「考古学」も、「魚竜」も「社会」も、外見的にだけ見れば、似てはいない。しかし、キュヴィエが機能に着目したように、そこに推論的な〈知〉を向けることで、異なって見えるもののあいだにバルザック的「アナロジー」（類推＝類似性）が成り立つようになる。両者の「類推＝アナロジー」を可能にしているのは、身体の厚みをも踏破する推論という〈知〉にほかならない。言い方を変えれば、バルザック的類推＝アナロジーには、推論のロジックが潜んでいることになる。バルザックは引用した個所の原文で révéler（「明らかにする」）という動詞を使っているが、それは「隠れていたものを暴露する」という意味にほかならず、そのことからも、見てすぐわかる外在的な類似性をもとにバルザックが類推＝アナロジーを考えていないことが分かる。そしてキュヴィエが一片の化石骨から「魚竜」という全体像を復元したように、バルザックもこうした推論＝類推を用いて、一片の「モザイク」から「社会全体」を描写できると考えたということだ。

われわれは一つの引用個所にバルザック的アナロジーの例をもとめたが、そこで確認されたことはバルザックのアナロジー一般の特質について、狭義の修辞学とは別の新たな切り口を提供してくれる。レトリック技法の領域で考える限り、バルザックのアナロジーに潜む外在的な類似を超えた近代特有の推論的な特性は見えてこない。繰り返すが、バルザックの志向には結果から原因をさぐる推論的な論理が濃く働いている。すでに、バルザックが小説の冒頭で掲げる描写（建物であれ人物であれ）は一種の結果であり、そこからその原因を求めての「過去への遡行」がはじまり、物語の身体（それは言語でできている）が形成されると指摘したが、彼の「類推＝アナロジー」は、そうした結果と原因をつなぐ推論的な〈知〉に依拠しながら、物語という有機体の形成に与かっているのである。

バルザック的冒頭描写

ところで、キュヴィエの名が冒頭の描写に刻まれる小説は、これまで参照した小説とは別にもう一つあって、それをもとにバルザック的冒頭描写について考えてみたい。参照するのは『毬打つ猫の店』である。一八二九年十月に書かれ、翌年四月に刊行された『私生活情景』の第二巻に『栄光と不幸』というタイトルで収められ、これが現行の『毬打つ猫の店』にタイトルを変更されたのは、一八四二年に刊行される『人間喜劇』からだ。つまりバルザックがそれまで個々に書かれてきた小説にまとまりと統一性を与えようとして、全体（それが『人間喜劇』である）からみて個々の小説の収まる位置と順序を構想し、決定したときにほかならない。そして、この小説は『人間喜劇』の巻頭に置かれる。それが何を意味するかといえば、『毬打つ猫の店』の冒頭描写は、一つの作品の冒頭であると同時に『人間喜劇』全体の冒頭にもなっているということだ。

その『毬打つ猫の店』で、じっさいキュヴィエという名は冒頭の何ページにもわたる店の建物描写を受けるかたちで、店の主人ギョームの描写に移ったところに差しはさまれている。

この当時、こうした古くさい一家は、今日ほどめずらしくはなく、彼らは自らの職業に特有な慣習や服装を貴重な伝統のように保っていて、キュヴィエが採石場で発見した大洪水以前の化石みたいに、新たな文明のただなかに生きながらえていた。 （I・四五）

パリのモンマルトルの採石場から出土した化石骨のたった一片から、キュヴィエが絶滅した動物の全体像を復元したことはすでにふれたが、その、フランスじゅうに伝説的なセンセーションを巻き起こした出来事を踏まえながら、バルザックは『毬打つ猫の店』の冒頭で、キュヴィエの名とともに「大洪水前の化石」という言葉を書き込んでいる。何をそうたとえているかといえば、当時のパリの「新たな文明」のなかで「自らの職業に特有な慣習や服装を貴重な伝統のように保ってい」る商人一家の「古くささ」を強調するために、「キュヴィエが採石場で発見した大洪水以前の化石みたい」と言っているのだ。そしてこの比較＝類推にも、商人の一家と大洪水前の化石のあいだに可視的な類似性は認められない。明らかにここでは、ともに「新たな文明」の現在からの時間的乖離を意味として共有しながら、化石と商人一家とのあいだにアナロジーが成り立っている。そこから、化石に対して発揮される推論的な〈知〉が、店主一家をめぐる物語にまで波及されると考えることができる。

ちなみに、冒頭から長くつづく建物外観の描写は、以下のようになっている。

ついこの間まで、サン＝ドニ街の中ほど、プチ＝リオン通りと交わる角近くにあった一軒の家は、昔のパリをたやすく歴史家たちに類推させる貴重な家の一つだった。そのあばら屋の、いまにも崩れ落ちそうな壁には、まるでヒエログリフがでたらめに塗り込まれているように見えた。そぞろ歩く人の目には、そうとしか映らなかったのではないか。というのも、漆喰に並行して入った小さな亀裂によって、横や斜めの梁材の輪郭が浮き出ていて、建物の正面《ファサード》にはいくつものXやVの字が描かれていたからだった。どんなに軽い馬車が通っても、当然のことながら、梁という梁がほぞ穴のなかでぎしぎしと揺れた。この敬うべき建物には、三角形の屋根が乗っかっていたが、そうした型の屋根は、パリでは間もなくひとつもお目にかかれなくなるだろう。（中略）洒落た彫刻を施された幅広の梁の中央に、古い絵があり、毬を打つ猫が描かれていた。（中略）絵の右側の、青い塗料で木材腐蝕を隠そうとしてしきれていない個所には、「ギョーム」という名を、絵の左側には、「シュヴレル氏の後継者」という文字を、通行人は読むことができた。このように刻まれた文字の上に惜しむように塗り付けられた金粉の大部分が、陽射しや雨のせいで剥げ落ち、その文字のなかのUやVは、古い綴字法にしたがって、互いに入れ代わっていた。

（I・三九―四五）

じっさいには七ページにも及ぶ長い冒頭描写を中略で圧縮したのだが、「毬打つ猫の店」を営むギョーム一家の古くささが、歴史家たちに「昔のパリ」を類推させるほどで、「いまにも崩れ落ちそうな」壁は古代エジプトの象形文字「ヒエログリフ」にさえたとえられている。その類推が効いているせいで、「建物の正面《ファサード》」の漆喰に入った「小さな亀裂」や「横や斜めの梁材の輪郭」が、「いくつものXやVの字が描かれてい」るように見えた。しかも猫の看板の左右に、「ギョーム」という名と「シュヴレル氏の後継者」という「文字」が書かれ、「その文字のなかのUやVは、古い綴字法にしたがって、互いに入れ代わっていた」とある。つまりこれは、判読困難な文字の刻まれたような建物の壁面（看板の左右には文字も刻まれている）であって、そこに接近する者は「考古学者のような熱心さで」その建物と壁面を観察することになる、というのだ。

どうしてキュヴィエの採集した化石に加えて、ヒエログリフ（古代エジプトの象形文字）までが冒頭の建物描写で言及されるのか。わざわざ、壁面の漆喰のひびや梁材の形状を「いくつものXやVの字」に比したり、GUILLAUME や SUCCESSEUR DU SIEUR CHEVREL といった名前の剥げかかった文字のうちに「古い綴字法にしたがって」入れ代わった「UやV」に注目して、詳細に描写するのか。そこには、この小説が書かれる七年ほど前になる一八二二年の出来事がこだましている。フランス学士院で、シャンポリオンによってロゼッタ・ストーンに記されたヒエログリフの解読が発表されたのだ。いうまでもなく、シャンポリオンはエジプト学の父と呼ばれもした考古学者である。このヒエログリフ解読は、当時、ものすごい反響を呼び起こした。「ヒエログリフ」と「考古学者のような熱心さで」というバルザックの言葉には、明らかにシャンポリオンの姿が重ねられている。

さらにここで、すでに参照した「考古学の社会的自然に対する関係は、比較解剖学の有機的自然に対する関係に等しい」(『絶対の探求』)という類推を想起してもよい。バルザックは、考古学《アルケオロジー》と比較解剖学やそれに依拠した古生物学とのあいだに類似性＝アナロジーを認めているのだが、それはどういうことか。バルザックが見ているのは、発掘された化石骨が発見されたロゼッタ・ストーンに外見的に似ているということではない。キュヴィエが一片の化石骨から絶滅した生物＝有機体の全体像を復元したように、シャンポリオンは意味の分からない古代文字からはじめて、それらの文字で書かれたストーン全体の意味を解読したということだ。キュヴィエが推論的な〈知〉を駆使してはるかなる時間の厚みを踏破したとすれば、シャンポリオンは意味の分からない古代文字というはるかな時間とともにある解読不能性の厚みを踏破した、と言える。その意味で、バルザックは、同じ冒頭描写で参照するキュヴィエとシャンポリオンのあいだに、エピステモロジックな等価性を見いだしている。ビュトールは『女性生活情景』でこの点にふれ、「シャンポリオンはエジプトのキュヴィエであり、バルザックは同時代のフランスのキュヴィエでありシャンポリオンであることを望んでいる」[(1)]といみじくも指摘している。

バルザックは、『毬打つ猫の店』の冒頭に、判読を促すような古代文字《ヒエログリフ》のたとえとキュヴィエの名を書き込むことで、そうした不可視の、判読困難な厚みへの踏破を示唆している。解剖学が登場する以前の、外部から見える可視性に依拠する〈知〉が有機体という不可視の身体の厚みに遭遇したとすれば、シャンポリオンが向き合ったヒエログリフの判読不可能性は、有機体にも匹敵する踏破できない厚みとしてあって、つまりその厚みとは、意味の不可視性にほかならない。そしてシャンポリオンがヒエログリフという古代文字の不可視性から意味を取り出したとすれば、小説家バルザックは同じ〈知〉をいわば逆向きに用い、描写という方法を介して意味の種を散布し、そこに物語という厚みを育むのだ。『毬打つ猫の店』の、建物の外観や人物の風采の描写に付与された「古くささ」もまた、そのようにして撒かれた意味の種であって、それは、物語を組織しようとして小説家が冒頭の描写にしかけた意味という化石にほかならない。

『毬打つ猫の店』を読めば、この商人一家を支配する「古くささ」がいかなる悲劇の物語を生み出していくかが分かるだろう。*** バルザックは、推論や類推という〈知〉を背景に、意味の種（小説ごとに異なっている）を冒頭の描写に忍ばせる。バルザック的冒頭描写とは、まさに化石骨の破片が散在した地層のようなものであって、小説家が物語を操作しやすくするために必要な意味のかけら（それを種と呼んだのだ）を仕込んだ言葉の地層にほかならない。その意味で、バルザックにとって小説を書くことは、物語という言葉の有機体を組織することともいえるだろう。****

キュヴィエという符丁＝化石

ところでわたしは、第一章を『あら皮』の冒頭からはじめ、この章の最後で『毬打つ猫の店』の冒頭に言及して、ひとつのことに気づき、いま、軽い興奮と驚きを覚えている。しかもそれが、やがて本書の後半で実践するテクストを読むことにつながると思い当たり、興奮はさらに増している。いわばそのための予備レッスンになればと思い、気づいたことをここに記しておきたい。

すでに指摘したように、『毬打つ猫の店』は『人間喜劇』全体の構成（位置と順序）と無縁ではない。この小説が「私生活情景」の最初に置かれ、「私生活情景」が上位区分の「風俗研究」の最初に置かれ、「風俗研究」が『人間喜劇』の最初に置かれていることを考えれば、この小説はまさに『人間喜劇』の巻頭作品にほかならない。これに対し、『あら皮』は二番目に位置する上位区分「哲学的研究」の巻頭に位置している。つまりこのふたつの小説は、『人間喜劇』の骨格を担う二つの「研究」の冒頭に布置された小説であって、その冒頭に、キュヴィエという名がともに刻まれている。しかもバルザックは、『人間喜劇』の体系と構成にきわめて意識的である。それは『人間喜劇』の「総序」や「総目録《カタログ》」を見れば明らかであり、ミシェル・ビュトールは、この二つの小説についてこう指摘してもいる。

比較的短い中篇小説『毬打つ猫の店』は、作品を並べ換える際にバルザックがおこなったいかなる再編成のさなかにあっても、常に「私生活情景」の入口という定位置を保った。（中略）題名とは看板であり、そしてこのテクストはまさに『人間喜劇』全体に対する一種の看板となっている。それは音楽的な意味でのキーのようなものだ。バルザックは、われわれが読書をするとき、彼の提案する順序にふつう従わないことをよく承知している。（中略）それでも確実なことは、バルザックがわれわれにこの中篇小説から読みはじめるよう誘っていることであり、そうすることでかなりの要素をわれわれが楽に知覚できるようになるだろうということであって、同様に、『あら皮』が通常、「哲学研究」を読むさいの始まりとなるのである。（前掲書・三四―五）

『毬打つ猫の店』と『あら皮』は、『人間喜劇』の二つの「入口」であり、かつ「始まり」なのだ。もっとも、このことはバルザックの研究者には常識の類に入る。おそらく、『毬打つ猫の店』冒頭で描かれる毬を打つ猫の描かれた「看板」にちなんでいるのだろうが、ビュトールは「このテクストはまさに『人間喜劇』全体に対する一種の看板となっている」と言っている。これを敷衍すれば、「パリ生活情景」（ひいては「風俗研究」）とつながる「魔法のリング」だとビュトールに言われた『あら皮』もまた、「哲学的研究」にとって「看板」の位置にある。つまり、建物正面の看板がその背後に店や住居を持つように、『あら皮』もまたその背後に多くの「哲学的小説」を抱えている。ビュトールの「看板」には、そういう意味が託されている。

そしてそうした「看板」の冒頭に刻まれるキュヴィエという名は、「看板」の図柄として『人間喜劇』の二つの「入口」に掲げられていることになる。しかも、いわば異なる業種（一方は「風俗研究」で、他方は「哲学的研究」）の「看板」であるにもかかわらず、同じキュヴィエという図柄が使われているのだ。バルザックの小説が、キュヴィエに代表される同時代の〈知〉をどれだけ深く広く受け止めているかはすでに語ったが、このキュヴィエの名こそ、『人間喜劇』を有機的に組織化していく上での隠れた「魔法のリング」になっているのかもしれない。ともあれ、「風俗研究」と「哲学的研究」の巻頭に布置されたキュヴィエの名前によって、ふたつの「研究」のあいだに連繋が生じる。それが、各器官としての小説が有機的に『人間喜劇』という身体のなかで働くということにほかならない。有機体として『人間喜劇』を考えるとき、キュヴィエという名はその不可視の厚みである小説テクストの、まさに表層にはらまれる痕跡というかしるしであって、つまりテクストの冒頭描写にでてくるその名前は、不可視の厚みへと降りていくための冒頭という表層＝地層に現われた符丁としての化石のようなものにほかならない。その意味で、『人間喜劇』を言葉による有機的身体とみなせば、キュヴィエという符丁は皮膚に現われた徴候にも相当するのである。

繰り返すが、わたしが軽い興奮を覚えたのは、『人間喜劇』を支える二つの大きな「研究」の冒頭描写に、そろってキュヴィエの名が刻まれているからだ。バルザックはその名を出すと、きまって推論的な〈知〉の横溢する彼の古生物学者としての仕事に言及する。キュヴィエの名が、冒頭描写という言葉でできた地層に埋設された一種の化石だとすれば、この古生物学者がパリの地層から発掘した化石のかけらから絶滅した古生物の全体像を復元してみせたように、キュヴィエという名前の化石には、物語の全体像に向けて何かを示唆する方向性のようなものが託されているのではないか。その名が描写に刻まれているのは、単に、近代小説にありがちな作者による過剰な知識や情報の提供の類ではなく、一種のシグナルとなっているように思われる。そう、シグナル。それを符丁といっても記号といってもよいが、見てすぐに託された意味の分かるシンボルとは異なり、シグナルには対応する意味がすぐ分かるかたちで託されてはいない。そのことを、かつてソシュールはシグナル（記号）を形成するシニフィアンとシニフィエの恣意性と呼んでいた。簡単にいえば、シグナルが担う意味の内容と表現のあいだには、一見しただけで分かる類縁性がないということだ。この恣意性こそが最初の意味の厚みとして介在する。シグナルがシンボルと違うのは、この不可視の厚みを持つからで、バルザック的シグナル（符丁）にも、外側や表層からは見えないこの意味の厚みが付与されている。その場合の外側や表層とは、言うまでもなく、テクストに並ぶ言葉の表面的な意味であって、それに対しバルザックを読むとは、そのテクストに散布されたシグナルの見えない厚みを踏破することで見えてくる風景にふれることだ。キュヴィエという名前は、そのことを教えてくれている。そしてバルザックのシグナルにキュヴィエの「形態相関の原理」の原理とどこか似ているところがあるとすれば、それは、一片の化石からその全体像が推論されるように、一つのシグナルもまた触手のようなものを延ばしてネットワークを求め、そのネットワークが意味の全体像を形成するからにほかならない。

注

＊　これに関連していえば、バルザックの長篇の場合、冒頭の描写＝結果から過去の原因へと語りが過去に遡行したあと、今度は新たに冒頭の結果を原因とし、その展開を結果として語る場合がある。『絶対の探究』などの後半は、まさにそうしたかたちで、いったん崩壊しかかった家の財産を娘が立て直そうとし、今度はその流れを、クラースの実験による財産の消費が阻もうとする。ちなみにそうした原因と結果が二重に折りたたまれた物語構造は、この「過去への遡行」の項の冒頭近くで『無神論者のミサ』を引用しながら言及したことに関連している。そこでは、医者デプランの神のような眼力を語りながら「肉体を、現在に依拠しながら過去においても未来においても把握した」とあって、この「現在」の症状という結果から「過去」という兆候の原因を推論し、さらにまた、そこから「未来」を把握することに触れ、肉体の現在（現れている徴候）を今度は新たな原因として、その兆候の行方（結果）を推論することにほかならない、と指摘したが、この折り返し方がいまこの注で説明した原因と結果が二重に折りたたまれた物語構造と同じなのである。そしてさらには、『絶対の探究』において、この小説家は、「だれしも厳格な推論 déductions によって、そうした描写を過去に結びつけることができるのではないか」と指摘したあとで、すかさず、「そして人間にとって、過去はひどく未来に似ている。つまり、人間に対しかつてあったことを物語るのは、ほとんどつねに、これからあるであろうことを物語ることではないか」というように、推論によって冒頭描写が過去に結びつくことを告げたあとで、過去と未来を同一視しているのだが、そこには、すでにこの注で指摘したように、冒頭描写を新たな原因として物語の展開（未来）を語り、推論される結果（物語の結末）に至る、という論理を認めることができる。

＊＊　その意味で、古典修辞学の集大成ともいえるフォンタニエが転義法に注目し、その「本来の意味」と「逸れた意味」の「関係」を分類しているが、それじたいバルザックが示す近代の「類似関係」とは明らかに異なっていて、その差異は何よりフォンタニエの「関係」の分類が可視性に依拠しているからである。

＊＊＊　貴族の画家に見初められて妻となったギョームの娘は、自らが身に着けた「古くささ」（因循さ、と言ってもよい）

により夫を理解できず、かといって、芸術家との生活でもとの商人一家の価値観にもなじめなくなり、結局は若くして死にいたるのであり、その「古くささ」が悲劇という物語を生むことになる。

＊＊＊＊ ところで、バルザックは、われわれが「意味の種」と呼んだものをほかの領域にも見出している。バルザック的描写は、建物の外観から室内の装飾、家具や調度品から人の身につけている服装、その所作や身振り、顔つきや表情、さらにはその人の名前にいたるまで、ほぼすべてに及ぶが、そこには一つの特徴がある。バルザックにとって、それらはみな、何か意味をうちに有する外側というか、見えない意味を内側に包み持っている容器のようなものなのだ。逆に言えば、だから外側に見えているものから、そのうちに秘されている意味を読み取ることがバルザックにとっては重要となる。それはちょうど、表層に生じる兆候から身体の厚みを踏破して病の原因を見抜く医者と同じである。少なくともバルザックはそう考えていて、それが発揮されているのが『歩き方の理論』とか『優雅な生活論』といった、身振りや服装などの外観・所作がどのような意味を担うのか、逆に言えば、どのような外観が「優雅さ」といった見えない意味につながるのかを扱ったジャーナリスティックな文章にほかならない。これらを書いたということは、つまり、見えているものは常に見えていない意味を内包している、という考えをバルザックは有していたということだ。そして重要なのは、それを敷衍させれば、シグナルには対応する意味が秘められている、という記号的な発想につながるということだ。ファッションや所作によって生じる意味が異なるという『歩き方の理論』や『優雅な生活論』の視点は、まさに記号とそこから生じる意味を扱う視点にほかならない。それはバルザックが記号的な発想をしていたことを示唆するのであり、描写の多いバルザックの小説がテクスト論的な視線に親和性を持つ所以ともなる。見えているもの（建物や院物の外観）の描写に隠れた意味を付与しようとするバルザックの書き方は、そこから小説家の意図を切り離せば、恣意的な関係と呼ばれるソシュール的シニフィアン（記号表現）とシニフィエ（記号内容）の結びつきにつながるのである。逆にいえば、小説家が描写に託した意図をどう逃れるのか。それがバルザックのテクストを読むときに常に問われることになる。

引用

（1）ミシェル・ビュトール『女性生活情景』Michel Butor, *Improvisations sur Balzac*, tome 3, *Scènes de la vie féminine*, Editions de la Différence, 1998, p.35.

II

第四章　バルザックの「哲学的」体系――〈物質〉から「神」まで

切断と導入

　これまで、「哲学的研究」と「風俗研究」をつなぐ『あら皮』について語り、そこに名前の刻まれていたキュヴィエとの関連で考えを進めてきたが、その間にわたしは、本書をはじめる際に抱いた疑問をひときわ強く感じるようになった。どうしてバルザックは一八三五年末に『セラフィタ』(『神秘の書』所収)を刊行したあと、新たに哲学的小説を書こうとはしなかったのか。それ以降も小説執筆は旺盛になされるのに、バルザックが書くのは「風俗研究」に収まる小説ばかりである。それまで「哲学的研究」と「風俗研究」に属す小説を並行して書いていただけに、この切断ともいうべき事態が前にもまして異様に感じられるようになったのだ。

『人間喜劇』の構想を見ても分かるように、バルザックが体系性や構築性に対する強い志向を有するだけに、この切断じたい、そうした体系性にかかわる小説家の選択のようにも思いなされた。そうなれば、哲学的小説がたまたま書かれなくなったと考えるほうがはるかに不自然である。すでに本書の「プレリュード」で語ったように、最後の哲学的小説が書かれた一八三五年は、やがて実質的に『人間喜劇』を支えることになる「人物再登場」の技法が小説に導入される年でもある。この切断と導入という対になる事象から、当初、そこにはなにか関連性があるのではないかと考えてみたが、自分を納得させるだけの内在的で構造的な関連性は見つからず、その問いをそのままにしておいたのだ。にもかかわらずまた、哲学的小説が『セラフィタ』で終わりを告げたことと『ゴリオ爺さん』で「人物再登場」がはじめられることは、無関係ではないのではないかという思いが強く押し寄せてくる。問いがあらためてくすぶりだしたのだ。このはじまりと終わりは、どこかでつながっているのだろうか。もっとはっきり言えば、「人物再登場法」の導入が哲学的小説を書かせなくしたのかどうか。そのことについてバルザック自身は何も言葉を残していないが、わたしにとって放ってはおけない問題になったのである。本書のこの第Ⅱ部は、だからその問いを常に視野に置きながら進みたいと思う。

〈絶対的なもの〉をめぐる四つの長篇小説

そうして「哲学的研究」に属す小説が『セラフィタ』を最後に書かれなくなったことを考えているうちに、『セラフィタ』で終わったものに思いが至った。連想が働いたのかもしれない。天使霊の昇天（つまりは天上での復活）の描写が鮮烈なこの小説だが、昇天と同時に、天使霊（つまりセラフィタ）は地上での生命を終えている。だが、このことはほとんど注目されていない。つまり、地上での死が天上での生と接しているということだ。地上での天使霊から天上での熾天使への変容というかたちで、死と生はつながっている。そのことにあらためて思いいたった瞬間、「「哲学的研究」では、あらゆる〈情熱〉の原理である〈欲望〉と闘っている〈生命〉そのものが描かれている」(I・一九)という「総序」の言葉が『セラフィタ』にも妥当することに、わたしは驚きながら気づいたのだ。セラフィタの地上での〈生命〉は、まさに昇天という天上への再生に対する〈情熱〉に貫かれている。『セラフィタ』は「哲学的研究」のなかでも特異だと他の小説と分けて考えてきたが、そうではない。他の哲学的小説と同じように、主人公はその〈生命〉を消尽するほどの〈情熱〉や〈欲望〉にとらえられている。

思い起こせば、セラフィタが天上への〈情熱〉に衝き動かされるように、「哲学的研究」に収まる主要な長篇小説の主人公はみな〈欲望〉と〈情熱〉を過度に発揮した結果〈生命〉を消尽し、ついには死に至っているではないか。ちなみに、『あら皮』、『絶対の探究』、『ルイ・ランベールの知性史』、『セラフィタ』の四篇が「哲学研究」を代表する長篇小説と言えるだろうが、ほかの三篇についてみれば、『あら皮』の主人公ラファエルは、自らの〈欲望〉(願望のかたちをとることが多い)が実現するたびに〈生命〉を減らし、最後にはポーリーヌへの〈欲望〉のせいで命を落とす。『絶対の探究』の主人公クラースは、ダイヤモンドを実験により合成するという途方もない夢(それは〈情熱〉であり〈欲望〉でもある)にとり憑かれ、財産を失うばかりか、ついにはその〈生命〉さえ落としてしまうではないか。そして『ルイ・ランベールの知性史』の主人公ルイは、思索への過度の〈情熱〉によって自らの知性を酷使した結果、しまいには発狂したも同然となり、奇妙なアフォリズムを残して〈生命〉を閉じる。これら「哲学的研究」の主要な長篇小説では、主人公はみな強烈な〈情熱〉や〈欲望〉を抱いていて、その行き過ぎた使用により〈生命〉を危うくし、死に至っている。わたしは天上の描写のある『セラフィタ』だけを「哲学的研究」のなかで特別視することをやめたのだった。少なくとも、「哲学的研究」を代表するような長篇小説には、いま見たような共通性が認められるからである。

そして、これらの小説には、もうひとつ共有されているものがあることにわたしは気づいた。主人公の抱く〈情熱〉はどれも〈絶対的なもの〉や〈超越的なもの〉を志向しているのだ。小説によっては、その〈絶対的なもの〉が神として現れる場合もあれば、あらゆる物質を統御する超越的物質＝原理として出てくることもある。だが、要するに、四篇の主人公はみな〈絶対的なもの〉にそれぞれのかたちで向き合い、その過程を通して〈生命〉を消尽し、ついには死に至る、という共通の物語的軌跡を描いている。これら〈絶対的なもの〉にかかわる物語にみなぎるのは、バルザックの体系性への強い志向であり、全体を把握したいという強固な意思だと言える。むしろ、そうした自らの体系性（あえていえば「哲学的」な）を構築するために、これらの長篇小説は書かれたのではないか、と思われるくらいである。たしかに、構成的に見れば、『あら皮』が「哲学的研究」の巻頭を飾り、『セラフィタ』がその巻末をしめくくっている。内容的にも、『絶対の探求』が物質の生成にかかわり、『セラフィタ』が人間から神までを射程に収めている。そこに、バルザックの構築性と全体性への意志を認めたわたしは、この四つの長篇小説を用いて、バルザックの「哲学的」体系を、たとえその輪郭だけであっても、描いてみたくなったのである。

〈あら皮〉と〈一なる物質〉

では、いったい、四篇の主要な長篇小説はそれぞれどのように〈絶対的なもの〉や全体性への意志を自らの物語に動員しているのか。はじめに、『あら皮』から見てみよう。『あら皮』で〈超越的なもの〉といえば、〈あら皮〉そのものである。主人公が自殺を夜まで引き延ばしているあいだに骨董店で見せてもらった、「キツネの皮を超えないくらいの大きさの一枚のなめし皮」（X・八二）にほかならない。具体的な形状が与えられ、「オリエンタルの人びとのいうソロモンのしるし」までが刻印されていて、皮の裏側には、サンスクリット語まで刻まれている。一種の「護符」とも説明されているが、むしろ幻想的な物語にふさわしい呪物である。その〈あら皮〉がどのように〈超越的なもの〉にかかわっているかといえば、その裏側に記された契約のかたちをもつ文言そのものに「神」の名が記されているからである。それはすでに第一章で紹介したように、「汝、われを所有すれば、すべてを所有することになろう。しかし、汝の命はわれのものとならん。神がかく願われたのだから。願え、されば願いは叶う。だが願いは汝の命の丈に合わせよ。汝の命はここにある。願う度にわれは縮む、汝の日々のごとく。われを取れば、神が叶える。かくあれ！」（X・八四）というものだ。

ここに記されているのは、〈あら皮〉を所有した者は「すべて」の所有者になる、ただし、その命と引き換えに、という契約の文言にほかならない。それが悪魔契約になっていることはすでに指摘したが、その契約によれば、願望の実現を担保するのが「神」であって、「神がかく願われたのだから」という文言も、「われを取れば、神が叶える」といった文言も、所有者の命をその願望の実現へと変換する契約じたいに「神」がかかわっていることを示している。そして『あら皮』では、その契約を結んでしまった主人公ラファエルの願望の実現とともに、〈あら皮〉が縮小していき、ついにはその死にまで至る。つまり〈あら皮〉じたい、所有者の命と引き換えに願望をすべて実現することで、ラファエルの命の、死に向けた変容を映す鏡のようになっているのだ。

〈あら皮〉じたいの変容がその所有者の生命の変容と重なるようになっていて、その両者を結びつけるのが悪魔契約であって、『あら皮』は「神」がその契約を担保する物語になっている。しかし同時に、そこには〈あら皮〉の縮小という、われわれの通常の現実感覚を超えてしまう幻想的な側面(リアリズムを離れるという意味で)が残ってしまい、いずれ所有者の死とともに〈あら皮〉じたい消滅するにしても、その物語に幻想性の痕跡を残さずにはおかない。バルザックはそうした幻想性をも「哲学的」というくくり方でまとめようとしたのだ。

これに対し、『絶対の探究』に「神」は出てこない。それは幻想的な骨董店の空間とは決定的に無縁な、莫大な財産を持つ一家が主人公の道楽のために没落する物語だが、その道楽というのが化学実験に対して全財産をつぎ込む主人公の過度の情熱である。

主人公バルタザール・クラースはかつて独身時代、パリでラヴォワジエのもとで化学を学んでいた。故郷のフランドルに帰り、結婚をして、裕福に暮らしていたのだが、ある日、町の宿屋が満室だったため、乞われて一人のポーランド人の貴族を家に泊める。そのアダン・ド・ヴィエジュホフニャと名乗る大尉は化学を志していたが、戦争と困窮のため、否応なく実験を途中であきらめざるを得なかった。宿を提供したクラースがラヴォワジエのもとで学んだことがあると知って、自らが断念した実験とそこから得た推論を彼に伝える。

その実験じたいは、いまから見ればいささか奇妙なものに映る。クレソンの種を蒸留水で発芽させ、そこに粉末状の硫黄(「硫黄華」と呼ばれる)のみをまく。成長したクレソンの茎を切り取り、灰にして成分を分析すると、そこから「ケイ酸、酸化アルミニウム、リン酸塩、炭酸カルシウム、炭酸マグネシウム、硫酸塩、炭酸カリウム、酸化第二鉄」(X・七一六)が検出されるという。しかし実験に用いられた硫黄にも蒸留水にも、クレソンの種にも大気にも、そのような成分は存在しない。つまり「空気、蒸留水、粉末の硫黄、クレソンを分析してもたらされる物質」(同)には、「苛性カリ、石灰、酸化マグネシウム、酸化アルミニウム」(X・七一七)は存在しているのだが、そこから、成長したクレソンの茎にどうして先に挙げた八種類の物質が生成されるのか、とポーランドの男は考えた。その結果、大気中に浮遊している何か「共通の要素」(同)があるのではないか、と男は推論し、それを〈絶対〉と名づけ、クラースにこう語るのだ。

「この疑問の余地のない実験から、〈絶対〉が存在すると私は推論したのです! あらゆる創造物に共通の物質。それが統一的な力によって変化を受ける。それこそが〈絶対〉の差し出す問題の明瞭で明白な状況であり、それは探究できるように思われたのです。（中略）あなたはラヴォワジエの弟子です。裕福で、時間が自由になります。ですから、私は自分の推測をあなたにお伝えできるのです。」

（X・七一七）

宿を提供してやった男の口を借りて、あらゆる創造物、つまりすべてのモノは〈絶対〉に秘められた「統一的な力」の作用を受けた結果、いまある個々の状態に変化させられたのだと小説家は説明する。モノ（物質）にふくまれる「共通の要素」が〈絶対〉と名づけられているが、その〈絶対〉が及ぼす「統一的な力」とは、原文では une force unique となっている。当然、unique には「唯一の」という意味があるが、そこには「統一する」とか「共通する」という含意があって、ここでは「統一的な」という訳語を採用したが、ニュアンスを補えば、「統一的な、唯一の力」ということになる。その「統一的な力」が働いて物質の変化にかかわる、とポーランド人は実験から推論したのである。

その背景には、一七八三年にラヴォワジエが公開で行なった、酸素と水素から水を合成するというセンセーショナルな実験がある。いまやわれわれには、物質どうしの化合ということで理解されているこの事態が、当時、センセーショナルな驚きをもって迎えられたのは、それまで基本物質と見なされていた「水」はそれ以上分解できないと思われていたのに、他の気体から合成されてしまったからだ。そうした基本物質の「水」がもはや基本＝エレメントではなくなったという背景を、バルザックはこの小説に取り込んでいるのだが、そこには彼の興味と思考にかかわるところがあって、それこそが化合というかたちでなされた物質の変容＝変換にほかならない。バルザックは、この変容＝変換の神秘じたいを〈絶対〉という「共通の要素」の働きとして物語に組み入れたのである。

さらに、「あらゆる創造物に共通の物質」であるこの〈絶対〉は〈一なる物質〉Matière Une とも呼ばれ、それは「三つの気体と炭素に共通な成分であるにちがいない」（X・七一七）とまで推論されている。言うまでもなく、「三つの気体」とは、窒素と水素と酸素であり、「この〔有機体から成る〕自然のすべての物質を分析すれば、四つの単一物質〔元素〕に帰着する。つまり、窒素、水素、酸素という三つの気体と、非金属の固体であるもう一つの単一物質の炭素です」（X・七一五）ということになる。しかも「化学は創造された万物を二つの異なる部分に分けます。有機質の自然と無機質の自然です」とポーランドの男に言わせていることから、〈絶対〉と名づけられた〈一なる物質〉は、有機体と無機体に、つまりあらゆる創造物に共通な根源的な物質として考えられていることが分かる。言い換えれば、この〈一なる物質〉の働きにより、物質という無機体にしろ、植物・動物・人間といった有機体にしろ、この自然のなかのあらゆるものがいまある多様な姿で結果しているということになる。

この〈一なる物質〉は、そこから〈物質〉という言葉を取ってしまえば、そのまま「神」の働きの説明としても可能であることに注意しよう。そしてそこには、バルザックの体系性へのこだわりが姿を見せている。バルザックの体系志向は、このように全体を志向する傾向が顕著であり、しかも、そこにはその全体を統一的に把握する絶対的な力が想定されている。それが『あら皮』のように「神」のこともあれば、『絶対の探究』のように〈一なる物質〉と呼ばれることもある。これがバルザックの体系志向の内実にほかならない。そして、「神」と〈一なる物質〉を同一視するとき、そこからバルザック的汎神論が見えてくるが、言い換えれば、バルザックにとって、物質の領域と神や天使にかかわるスピリチュアルな領域とのあいだには断絶がない、ということでもある。その意味で、物質の変容＝変換である化合と人間や天使の変容を、バルザックは地続きの同じ地平で思考している。

そこからさらに確認できるのは、これまで部分的に紹介した『絶対の探究』の同じ個所で用いられるバルザックの類比＝アナロジーにほかならない。この〈絶対〉とも呼ばれる〈一なる物質〉について、「神が最も単純な方法で万物をつくったと考える以上に、神にかんするわれわれの概念に一致するものがあるでしょうか」（X・七一七―八）というときに明らかになる類比＝アナロジーである。つまり、すべての物質の生成にかかわる〈一なる物質〉と万物を創造する「神」の類比にほかならない。「神」が万物を創造したように、〈一なる物質〉はすべての物質の変容＝変換（化合ということだ）にかかわる。だからポーランドの軍人からクラースに託された〈一なる物質〉をめぐる謎の解明には、「神」の万物創造の神秘の解明にもつながるところがあり、この類比＝アナロジーから、〈絶対的なもの〉があらゆる物質の変容＝変換にかかわる物語の新たな姿が見えてくる。そうした意味で、『絶対の探究』に登場する〈一なる物質〉は「神」が契約を担保している〈あら皮〉を引き継ぐのであって、そこから見れば、〈あら皮〉もまた所有者の生命を願望の実現へと変容させる点で、〈一なる物質〉に類比的につながっている。だからバルザックの志向する体系は、〈絶対的なもの〉、〈超越的なもの〉に支えられた全体性と変容＝変換の可能性を特徴としていると言える。

かつてぼくが直面した、あの〈X〉

つづいて『ルイ・ランベールの知性史』を見ようと思うが、この小説について語るとき、まず触れておかなければならないことがある。これほど、版を重ねるごとに変化をこうむった小説はない。目につくものだけでも七つほどの版を数えるが、草稿やゲラへの書き込み、出版した本への書き込みをした訂正版などを加えると、十四の異なるヴァージョン（執筆段階）が「プレイヤード版」の全集には挙げられている。しかし本書の目的は版の校訂ではないから、簡単にその流れを押えておくにとどめる。初出は一八三二年十月刊行の『新哲学的短篇《コント》』に収められた「ルイ・ランベールの略歴」である。重要な変化は、一八三五年八月、「ルヴュ・ド・パリ」誌に「ルイ・ランベールの未発表の手紙」が発表されことで、同年十二月に刊行される『神秘の書』所収の『ルイ・ランベールの知性史』で小説全体がほぼ整う。『神秘の書』は翌年にも再刊され、そのあと、『哲学的研究』や『人間喜劇』に収められることになる。

『ルイ・ランベールの知性史』には、バルザック自身の自伝が色濃く重ねられている。小説家自身が入れられた寄宿学校・ヴァンドーム学院で、語り手（ほとんどバルザック自身とも言える）とルイ・ランベール（多分にバルザック自身が投影されている）は出会い、無二の親友となる。その後、語り手は学院を去り、あとから聞いた話として、パリでのランベールの学究生活とその苦労やブロワにもどってからの生活、さらにはポーリーヌ・ド・ヴィルノワという女性との恋が語られるが、それというのも、語り手が久しぶりにブロワを訪ねた折、ルイの後見役の伯父から、ルイが発狂し、いまはポーリーヌと暮らしていると知らされ、二人のもとを訪れるからだ。そしてわれわれが注目するのは、ポーリーヌが理解できないままに書き留めたランベールの口にした語句からなる断片群（前半断片群と呼ぶ）と、さらにポーリーヌが覚えていて語ったものを語り手の「わたし」が書き留めた断片群（後半断片群と呼ぶ）である。どちらも、ランベールの思索の精髄として差し出されているが、狂人の残した言葉という口実を設けなければそのリアリティが危ぶまれる、と小説家は判断したのだろうと推測できる。逆にいえば、バルザックにとって、主人公を狂わせることと引き換えにしてでも示したかった思索断片と言えるのであり、そのくらい突飛な内容なのだが、〈あら皮〉、〈一なる物質〉とたどってきたわれわれには、ルイ・ランベールが残した断片は欠かすことができない。

そこでまず、二つの断片群を、われわれの文脈から読み取ろうと思う。言うまでもなく、われわれはバルザックの、全体を一つの体系性のうちにとらえる志向性を見てきた。その際、〈あら皮〉なら願望の実現というかたちで、〈一なる物質〉なら化合による新たな物質の生成というかたちで、〈超越的なもの〉の力を介しての変容＝変換にふれたのだが、ではいったい『ルイ・ランベールの知性史』の二つの断片群では、それらはどのように現れるのか。前半断片群でまず注目に値するのが、「I」と分類されているものである。

「この地上では、一切が〈エーテル体〉*SUBSTANCE ÉTHÉRÉEであって、これは〈電気〉、〈熱〉、〈光〉、〈ガルバニ流体〉、〈磁気流体〉等の不適切な名で知られているいくつもの現象の共通基盤である。この〈エーテル体〉があらゆるものに変換することで、一般に〈物質〉《マチエール》と呼ばれるものが形成される。」（XI・六八四）

引用にある〈ガルバニ流体〉とは、イタリア人ガルバニの発見した生体に発生する電気の流れ（当時は「動物電気」と呼ばれた）であり、〈磁気流体〉とは文字どおり磁気を帯びた流体（気体と液体をふくむが、ここでは主に気体が考えられていると思われる）である。この前半断片の巻頭「I」で、別々の物理的現象として知られるものも、さらにはすべての〈物質〉じたいも〈エーテル体〉という共通基盤の変換したものにほかならない、とランベールは主張している。この思索断片で述べられているのは、すべての〈物質〉を対象とし、そこに共通基盤からの変換＝変容という視点がかかわっているという点で、まさにこれまでに見てきたバルザック的な体系志向と同じものなのだ。しかも、前半断片「II」を見ると、この〈エーテル体〉は〈物質〉のみにかかわるのではなく、その「吸収」をとおして〈動物〉にもかかわるものとして想定されている。注目すべきことに、その際、〈動物〉に見られる無数の形態はこの〈エーテル体〉との「配合」の結果にほかならない、とある。つまり、すべての〈物質〉だけでなく、無数の形態をとるすべての〈動物〉の多様性もまた〈エーテル体〉の配合によるというのだ。そして、この〈エーテル体〉は〈意志〉にも変換されるという。このことにより、変換される対象は〈物質〉や〈動物〉から〈人間〉にまで領域を広げることになる。つづいて前半断片「Ⅲ」では、「〈意志〉は人間に固有の力であり、その強さにおいて、あらゆる種を凌駕する」と記され、前半断片「Ⅳ」では、〈意志〉の独自の産物である〈思考〉もまた、〈エーテル体〉のさまざまな変化と結びついている、と展開される。こうして〈物質〉〈動物〉〈人間〉と広げられてきた全体が、物質的な領域から精神的な領域にまで及ぶのだ。言い換えれば、具体的な範疇から抽象的な範疇にまで及び、すべてが〈エーテル体〉の変形＝変容に結びつけられることになる。

そうした点をまとめているのが、前半断片「Ⅷ」である。その意味で、これらの断片は、発狂したランベールの発した語句をポーリーヌが書き留めたものと設定されながら、じつに周到に小説家によって用意されたものであることが分かる。以下に、前半断片「Ⅶ」の後半部分を引用しよう。

だから、人間に対しての物質の四つの現れ、つまり音、色彩、香り、形は、一つの同じ起源を有している。というのも、光の成分と空気の成分の関連性が認められる日も遠くないからだ。光に起因する思考は音に起因する言葉によって表現される。したがって、人間にとって、すべては〈エーテル体〉から由来し、そのさまざまな変形じたい〈数〉によって、つまりある種の配合によって異なっているにすぎない。その配合の比率により、分類上の〈界〉と呼ばれるものに収まるあらゆる個体やあらゆる物が生じる。

（XI・六八六）

これまで〈物質〉〈動物〉〈人間〉と呼ばれてきたものが、ここで、当時のリンネの〈界〉の分類に言い換えられている。リンネは〈界〉を動物界・植物界・鉱物界の三つに分けていて、つまり「〈界〉と呼ばれるものに収まるあらゆる個体やあらゆる物」とは、この地上の万物を指している。〈人間〉は脊椎動物として動物界に入る以上、地上のすべてのものが〈エーテル体〉の配合の比率の差による、ということになる。こうしてみると、前半断片「Ⅶ」では、前半断片「Ⅰ」以降で述べられたことがさらに精密化され、まとめられていて、要するに、この地上に見られるあらゆるものの多様性は〈エーテル体〉の配合比率の差として説明されているのだ。こうしたロジックの積み重ねの整序ぶりを見れば、発狂したランベールからポーリーヌが聞き取ったという設定がいかに小説的な虚構であり、バルザックによって体系を構築するように用意されたものであることがあらためて分かるが、しかし、そうして差し出された体系がバルザックの示したかった到達点ではない。ランベール＝バルザックは、万物の共通基盤として〈エーテル体〉を差し出しながら、さらにその〈エーテル体〉を生み出す起源を想定する。そうして一気に地平を広げるのだ。前半断片「Ⅷ」には、まさにそうした次元の繰り上げとでも呼ぶほかない記述がある。

人間をそっくり丸ごと分解すれば、おそらく〈思考〉や〈意志〉を構成する諸要素を見いだすことになるだろうが、しかし常に決まってあの〈X〉に出くわすことになり、それでもその〈X〉を解き明かすことなどできない。その〈X〉に、かつてこのぼくは直面したのだ。この〈X〉は〈言葉〉であり、それを伝えられると、受け取る準備のできていない者たちを焼きつくし、破壊しつくす。〈言葉〉は絶えず〈エーテル体〉を生み出すのだ。（XI・六八六）

この前半断片「Ⅷ」で、一挙に地平が変わる。バルザックの志向する体系の全体性がそれまでと違う次元を獲得する、と言ってもよい。これまで、〈物質〉から〈人間〉までをふくむこの地上での万物の多様性を説明してきた共通基盤の〈エーテル体〉が、〈言葉〉から生み出されるというのだ。〈エーテル体〉には、さらにその上位が想定されていて、これまで示された体系がいわば繰り上げられている。単に「その上位」と言ったが、それは何なのか。ここでは「あのX」と語られ、それは〈言葉〉であるとだけ告げられ、詳しくは以降の断片群で示されることになるから、この前半断片「Ⅷ」はいわば繰り上げのはじまりにすぎない。そうした唐突さを相殺するように、「かつてこのぼくは直面したのだ」というランベールの個人的な体験が添えられている。自分が「出くわ」したという個人の事実を伝える言表が、ここでとつぜん差し出された「あのX」の突出した感じを緩和し、同時にその存在を担保するように働く。つまり、「ぼく」が体験した以上、いくら「あのX」が非現実的に見えても、その現実感が保証されるのだ。そしてそのとき、ランベールがいまや発狂しているという小説的な設定が生きてくる。信じるも信じないも、小説家は自身の発言としては責任を取らないと表明しているようなものだが、このランベールの陰には、はっきりとバルザックがいる。

バルザックの論理展開のさりげない周到さは、「あの〈X〉」を差し出しながら、「この〈X〉は〈言葉〉であり」とひと言さし挟んでから、その〈言葉〉が〈エーテル体〉を生み出す、としている点だ。論理的には、〈X〉が〈エーテル体〉を生み出しているのだが、そうは言わずに、〈X〉を〈言葉〉と置き換えることで、〈言葉〉じたいが〈エーテル体〉の統御する万物の地平の、さらに上位に置かれることになる。つまり〈言葉〉は万物が置かれている「この地上」を超えてしまうのだ。「この地上」を超えるとすれば、「天上」に行き着くほかない。「あのX」に比べ、〈言葉〉の方がはるかに「天上」になじみやすい。そこに、小説家が〈X〉を〈言葉〉に置き換えた理由があると思われる。前半断片「Ⅷ」には、「天上」のひと言も記されてはいないが、「地上」の「その上位」とは、じつに「天上」にほかならず、小説家はこの「天上」について語りたいのだ。

ところで、〈X〉を〈言葉〉と置き換えたとき、バルザックにはもう一つの計算が働いていたと思われる。「聖書」に出てくるのは「言葉」Verbe〔Verum〕であって、この断片の〈言葉〉Paroleと表記は同じではないが、それでも〈言葉〉は「聖書」を引き寄せずにはおかない。バルザックは〈言葉〉のうちに、「聖書」からもたらされる天上性を含意しようとしていたのではないか。というのもバルザックはこのあと、自然の世界である「本能」に支配された世界から精神の世界である「抽象化」の世界に言及し、さらにはそれを超える神の世界である「特殊性」の世界について語るからである。そして最終的には、前半断片「XX」に、こう記すのである。

三つの世界が存在する。〈自然の世界〉と〈精神の世界〉と〈神の世界〉である。（中略）〈本能の人〉

は事実を望み、〈抽象の人〉は観念にたずさわり、〈特殊の人〉は究極を切望し、神を予感し、観想する。

（XⅠ・六八八―九）

つまり〈言葉〉や「聖書」から波及する天上性は、ここで語られる〈神の世界〉に行き着くための布石であり、それによって、リンネの〈界〉まで動員して説明してきた地上の万物という射程が〈神の世界〉までをもふくむものに広げられるのである。それによって、ランベール＝バルザックの体系は「地上」と「天上」の一切をふくむものとなる。これまでの前半断片群を、こうした体系に収まる射程の拡大のための論理とプロセスと考えるとき、発狂したランベールの口を衝いた言葉という設定が崩れ、バルザックの整然とした論理体系があらわとなる。バルザックは、「地上」をも「天上」をも貫く一切（それがバルザック的全体にほかならない）を自らの射程に収めようとしたのである。

ところで、バルザックの体系には、その全体性に加えて、もう一つの特性があった。変容の可能性である。それは『ルイ・ランベールの知性史』の前半断片ではどうなっているのか、といえば、このように語られている。じつは紹介を端折った前半断片「XⅥ」で、「最も立派な天才的人間とは、〈抽象化〉の闇から出発し〈特殊性〉の光に達する人びとである」とあって、「〈抽象化〉の闇」から「〈特殊性〉の光」への変容の可能性が語られていたのだ。噛み砕いていえば、「最も立派な天才的人間」はその上位にある〈特殊性〉の世界に「達する」とあるではないか。また前半断片「XⅧ」では、「〈特殊の人〉は必然的に〈人間〉の最も完璧な体現者であるが、この〈人間〉こそ、見える世界を上位の世界につなぐリングである」と語り、ここでも〈人間〉の、より上位の世界への移行＝変容の可能性が示されている。だからまだ語られていないのは、〈精神の世界〉の上位に置かれる〈神の世界〉での変容についてということになる。いったい〈神の世界〉での変容など語れるものなのか。だいいち、そこでの変容は「神」になることを含意していて、そうした変容を認めたとたん、その体系では「神」の唯一性が揺らぎ、体系じたいも揺らいでしまう。少なくとも、バルザックが志向する体系はそのとき崩壊するだろう。だから「神」じたいに変容は考えられない以上、そこで語られるのはぎりぎり「神」に近づくための変容ということになる。そしてバルザックは、それを語るのだ。そのために、『ルイ・ランベールの知性史』の語り手の「わたし」がポーリーヌからのまた聞きを書き留めた後半断片群が必要になる。さらには、「哲学的研究」を締めくくる『セラフィタ』が『ルイ・ランベールの知性史』のあとに書かれねばならない理由もまたそこにある。『セラフィタ』での変容についてはのちほど語るとして、では『ルイ・ランベールの知性史』の後半断片群では、いったいどのように「神」に近づくための変容が語られるのだろうか。

地上の万物と天上を結ぶ〈単一性《ユニテ》〉

後半断片群は、前半断片群での主張と同じことを異なる言葉ではじめる。地上の万物の多様性を説明するのに、前半断片では、〈エーテル体〉の分配比率により変化＝変容が可能になる、という論理が示されたが、後半断片「Ⅰ」では、こういう言い方になっている。

地上の一切が存在するのは、ひとえに〈運動〉と〈数〉による。

（ⅩⅠ・六八九）

これを読んだだけでは、おそらく、配分比率に対応するのが〈数〉であり、変化＝変容にかかわるのが〈運動〉だと推測するのは難しいかもしれない。ただ、このように一般性の高い〈数〉と〈運動〉という語を使い、いかにもアフォリズム風にはじめるところが小説的な工夫であって、後半断片「Ⅶ」を見ると、この〈数〉と〈運動〉に託されていた意味が明らかになる。

〈運動〉がなくなれば、一切は同じ一つのものとなるだろう。〈運動〉より生み出されたものは、その本質においては同一だが、ただ〈数〉によってのみ異なっている。この〈数〉が諸々の能力をもたらしている。

（ⅩⅠ・六九〇）

つまり、現に〈運動〉があるからこそ、万物の多様性が担保され、その多様性の差異はまさに〈数〉によってもたらされるという、前半断片とまったく同じ主張である。言い方は異なるものの、〈運動〉が万物の多様性を担保する変化＝変容に、〈数〉がその多様性の個々を決める〈エーテル体〉の配合比率にそのまま対応している。それでも、〈エーテル体〉といった〈物質〉につながる語彙は後半断片からは周到に排除されていることに気づかねばならない。どうしてか？　先に述べたように、後半断片では、小説家は「神」に近づくための変容を語る必要があるからで、そのとき〈エーテル体〉といった物質性がそぐわなくなるからだ。そして「神」に近づくための変容はさっそく次の後半断片「Ⅷ」できわめて短い言葉で示唆される。

人間は諸能力から結果し、天使は本質から結果する。（XI・六九〇）

ここでは、一見、「人間」と「天使」の差異が示されているように見えるが、その点が重要なのではない。むしろそのちがいを利用しながら、前半断片ではまったく言及されなかった「天使」が「人間」との多様性のなかで引き合いに出されていることに目をとめる必要がある。ここではじめて「天使」に言葉が及び、そのぶん、われわれは〈神〉に近づいているのだ。後半断片群に託されたバルザックの問題意識は、万物の多様性のなかの、いわば後半部分、つまり「人間」が「神」に至る可能性とその階梯を自らの体系のなかに落とし込むことにあり、最終的には〈物質〉から「神」にいたる万物の多様性を自らの体系の射程とする点にあるからだ。

発狂した主人公の発した言葉という口実を設けたうえで「天使」に言及するバルザックだが、それをもってこの小説家を神秘の側の人と判断するのはいささか早計である。もちろん、神秘の領域を自らの体系に取り込もうとするくらいだから、神秘を否定する小説家ではない。じっさいスウェーデンボルグをはじめその種の読書をしているが、単に、神秘の領域を肯定することだけにバルザックの体系性への志向が働いていないことは、前半断片を見れば明らかだ。また、その反対に、小説の写実的かつ社会的な側面からのみ、この小説家を判断することもできない。バルザックの体系への志向は、神秘の領域とその対極にある現実的で物質的な領域をともにあわせもつ点で、特異なのだ。前半断片で見たのは、〈物質〉から〈人間〉までの、つまり現実的な領域にすぎない。では、もう一方の神秘の領域で、どのように「神」に近づくために「人間」から「天使」への変容の可能性は示されるのか。後半断片「Ⅸ」に、こうある。

人間は自らの身体を四大《エレメント》〔土・水・火・空気〕の作用に結合させることで、その〈内なるもの〉を通して光と一体になることができる。

（XⅠ・六九〇）

これまでの既訳では、〈内なるもの〉に〈内なる存在〉といった訳語が与えられることが多かったが、原文には単にINTÉRIEURとあって、「存在」はおそらく訳語のすわりをよくするために付加されたものと想像できる。「自らの身体を四大《エレメント》〔土・水・火・空気〕の作用に結合させる」ことが、具体的に何を指すかは分からないが、まるでバルザックに深い瞑想体験があるかのような記述である。** この「光と一体になる」ことこそ、人間に、より上位の階梯にある存在への変容を可能にする。そしてまた、後半断片「X」には、「〈数〉とは人間にしか属さない知性を証言するものだが、この〈数〉によって、人間は〈言葉〉の理解に到達できる」（XⅠ・六九〇―一）とあって、すでに見たように、〈言葉〉が〈神の世界〉につながるものであることを考えれば、ここでもまた、配合比率に相当する〈数〉を通して「人間」がさらに上位の存在に変容する可能性が示唆されている。これが、後半断片群で差し出される「神」に近づくための変容の、いわばロジックにほかならない。

ところで、小説家は用いる言葉によってある種の先行投資をする。どういうことかといえば、ある言葉を導入する前に、それがスムーズに読む者に伝わるようにさりげない準備を施すのだ。その準備が後半断片「Ⅸ」にある「結合させる」unirという言葉の導入である。「一」を意味するunに、動詞化を示すirという語尾を付加したもので、「一つにする＝結合させる」unirとなる。この語を後半断片「Ⅸ」に配してから、後半断片の佳境ともいえる「XⅡ」と「XⅢ」で、バルザックは自らの体系を要約する一語を用いる。その語がともにun（「一」）を語頭に持つ〈単一性〉Unitéにほかならない。後半断片「XⅡ」には、「〈単一性〉Unitéは生み出されたものすべての出発点となった。そこからもさまざまな〈構成された単一性〉が生じたが、それでも終りは始まりと同一にちがいない」（XⅠ・六九一）とある。後半断片「XⅢ」は、「したがって〈宇宙〉Universはこの〈単一性〉Unitéにおける多様性である」とはじめられ、「終りは、万物の単一性への回帰であり、その単一性とは〈神〉である」（XⅠ・六九一）と締めくくられている。

これら二つの断片の引用で、Unitéを〈単一性〉と訳したし、既訳の多くもそのように訳しているが、それではUnitéにふくまれるニュアンスを十全に伝えることはできない。Unitéには、「一である特性」という意味と同時に「全体の要素」という意味もふくまれていて、つまり、「一」でありながらその「一」には全体がふくまれている、ということなのだ。断片の文脈に即していえば、万物をふくんだ「一体性」であって、だからこそ、後半断片「XⅡ」で、Unité は「生み出されたものすべての出発点となった」と言えるのであり、その「終りは始まりと同一にちがいない」というように、始まりと終わりで全体性が示され、それが「同一」であることで、「一体性」が担保される。それゆえ、後半断片「XⅢ」では、同じ un を語頭に持つ「宇宙 Univers」が「〈単一性〉Unité における多様性である」と明言されるのであり、この「多様性」がそこにふくまれる万物という全体を担保しているのだ。しかも、「終りは、万物の単一性への回帰であり」とある以上、「万物」の最終的に行き着く先が〈単一性〉Unité であることは明らかであり、ここで述べられる Unité には万物＝全体性がふくまれ、だからこうした「一体性」を〈神〉と名づけることが可能になるのである。

ついでにいえば、宗教的な語用では、Unité de Dieu という言い方で「神の絶対的な唯一性」が示される。つまり、フランス語としては、Unité と Dieu は語用的に隣接度が高い語と言えるかもしれない。そうした点を利用して、バルザックは自らの体系の、全体をふくむ「一体性」をこの語に託し、それを「神」と等号で結ぶことで、〈物質〉にはじまり「神」にいたる全射程を自らの体系に取り込んだのである。その意味で、この〈単一性〉Unité は、これまで見た『絶対の探究』の「絶対」と呼ばれる〈一なる物質〉にぴたりと連なり、さらには『あら皮』の〈あら皮〉にもつながりうる。逆にいえば、「哲学的研究」の巻頭に置かれる『あら皮』から、バルザックは自らの体系に根ざした小説を書いていたことになり、それはこのあと語られる『セラフィタ』で完成する。

〈熾天使〉最後の変容

では、『セラフィタ』で、バルザックはどのように自らの体系を完成させるのか。その問いに向き合う上で、『セラフィタ』がどのような小説であるかを見ておく必要がある。天上世界にかかわる物語の場所にふさわしいと思ったのだろう、バルザックは小説の舞台にノルウェーの地を選ぶ。行ったことのない土地の植栽などの情報を、植物に詳しい研究者に調査したようだが、バルザックはヤルヴィスの山々のふもとの二百戸ほどからなる寒村を舞台に、時代を「十九世紀最初の年」（もっともバルザックは、どうやら一八〇〇年を最初の年と考えているようだ）に設定し、五月半ばころから物語を動かす。主人公は、女からは男に見え、セラフィトゥスと呼ばれ、男からは女に見え、セラフィタと呼ばれる不思議な存在である。両性具有者かといえば、そうではなく、これは、いずれ準備ができて天上の世界にいたれば「天使」になる存在で、この地上では「天使霊」Esprits Angéliques と呼ばれる存在にほかならない。この語じたいは村の牧師ベッケル氏の口から出たものだが、ついでにそのつづきの言葉を紹介すれば、「スウェーデンボルグによれば、神は〈天使〉を特に創造することはなかった、ですからこの地上で人間ではなかった〈天使〉などまったく存在しないのです」（XI・七七六）とあって、この小説が、セラフィタという存在を主人公にした「天使」の変容と天上世界への昇天にかかわる物語であることがうかがえる。

ところで、いま紹介したセリフを牧師が口にしたのは、つれないセラフィタの対応に不審を募らせたウィルフリッドが彼のもとを訪ね、「セラフィタはいったい何者なんでしょうか」（XⅠ・七六三）と訊き、ベッケル氏が恋する男に長々とする説明のなかでの言葉だが、もう一人、セラフィタに恋している牧師の娘ミナもまたその父の長広舌に耳を傾けている。『セラフィタ』は、ことのほか長いセリフがつめこまれた小説なのだ。なかでも長くつづく説明が、小説のなかほどで二人の登場人物によってなされるのだが、バルザックはそのそれぞれに一章を割いている。その一人が牧師ベッケルで、彼はウィルフリッドに訊かれたのをきっかけに、ほとんど三章「セラフィタ＝セラフィトゥス」を費やしてセラフィタについて語る。二人目はセラフィタ自身で、牧師とミナとウィルフリッドをまえに、やはりほとんど四章「聖所の雲」を費やして「神」にいたる道について語る。そして注目すべきなのは、この長い二つの演説のような言説が『ルイ・ランベールの知性史』の最後を飾る二つの断片群に構造的に対応していることだ。〈エーテル体〉をもとに〈物質〉から〈人間〉までを射程に収める前半断片群に、牧師ベッケルの語り＝言説が対応し、〈人間〉のなかの〈特殊の人〉から〈天使〉を経て〈神の世界〉にいたる射程を収める後半断片群に、この地上で〈天使霊〉の段階にあって〈神の世界〉へ至るための変容を待っているセラフィタの語り＝言説が対応している。

この二段構成は、読者への配慮かもしれない。後半断片群やセラフィタの語りからはじめれば、読者はいきなり〈神の世界〉にふさわしい存在への変容に向き合うことになる。そこに至る、いわば助走部分が前半断片群であり、牧師ベッケルによる語り＝言説なのだ。どうしてベッケル氏の語り言＝説が助走部分に当るかといえば、この牧師はセラフィタに「あなたは神を信じてはいません。なぜです？」（XⅠ・八一六）と見破られるくらい知的中立性を保持していて、牧師であるにもかかわらず「神」に対する懐疑を抱え、深い信を欠いていて、それがセラフィタにまつわることを話すのに向いているからである。そうしてウィルフリッドに訊かれたとき、牧師はセラフィタにまつわることを語るのに、「私は事実を語ります、肯定も否定もせずに」（XⅠ・七六五）と言いながらも、それがスウェーデンボルグと深くかかわっているため、勢い、この予言者からの言葉が牧師のセリフに横溢することになる。すでに紹介した〈天使〉をめぐる牧師のセリフに、「スウェーデンボルグによれば」とあったのはそのためで、ベッケルの長い語りはところどころに、バルザックによるスウェーデンボルグや聖書からの出典が明記されているほどだ。これを、小説を書く視点から見れば、やがて行なわれるセラフィタの長い説明のいわば導入部分として、スウェーデンボルグの思想をちりばめた説明が一種の予備レッスンになっている。加えて、牧師の話にはセラフィタの出生にまつわることもふくまれている。

ではいったい、セラフィタの出生はどのようにスウェーデンボルグとかかわっているのかといえば、そもそも、その父親・セラフィッツ男爵じたいスウェーデンボルグの「もっとも熱心な弟子」（XⅠ・七八五）であり、すでにこの予言者によって〈天上〉にふさわしい〈内的人間〉の目を開かれた存在として設定されている。そしてスウェーデンボルグの幻視によって、これまた〈天使霊〉の女性を選んでもらい、男爵は婚約し、その妻とのあいだに生まれたのがセラフィタ＝セラフィトゥスで、生まれながらにしてすでに〈天使霊〉ということになっている。両親は自らの役目を終えると、変容（つまり地上での死）をむかえ、いままた、成長したセラフィタが肉の衣を脱ぎ捨てるときが近づいていて、変容＝地上での死をむかえようとしている。その〈天使霊〉が、地上ではウィルフリッドと牧師の娘ミナにそれぞれ異性として恋されるものの、二人を導きながら、最後には天上へと昇天する物語になっている。

『セラフィタ』が特異なのは、そのような類を見ない天上への昇天の場面を「天国にいたる道」と「被昇天」という二つの章でじっくり描き切っている点にある。『ルイ・ランベールの知性史』では、主人公は最後に発狂にいたり、後半断片群でかろうじて人間の「天使」への変容の可能性が示され、神じたい〈単一性〉Unitéというかたちで言葉にされていたものの、その「天使」がどのように〈神の世界〉にいたるかまでは何も語られてはいなかった。『セラフィタ』は、その語られなかった部分を埋めるために書かれたと言えるのである。それによって、これまで見てきた〈物質〉から「人間」を経て「神」にいたるまでを射程に収めるバルザックの体系が、ひとつの全体性を獲得し、完成をむかえるのである。

大須賀沙織は水声社版『神秘の書』の巻末に付した論考（「『神秘の書』をつなぐテーマ」）で、『ルイ・ランベールの知性史』から『セラフィタ』へのちがいを、ランベールが狂いながら幻視した「白い天使」から「燃える熾天使」への移行であると指摘している。[1]『セラフィタ』で描かれる天使の変容は、この「熾天使」への変容であり、言うまでもなく、九つある天使の位階で「熾天使」は最上位に位置する。これが、セラフィタが〈神の世界〉に入る姿でもある。その変容場面を見てみよう。そこで〈霊〉Espritと呼ばれているのがセラフィタであって、天上からの〈御使い〉Messagerの持つ「棕櫚の枝」にふれられると、まさに変容を遂げるのだが、その昇天の光景を、「見者」と呼ばれるミナとウィルフリッドは無言で見ている。

とつぜんヴェールが引き裂かれ、彼ら〔ウィルフリッドとミナ〕は上方に星のようなものを見た。それは、物質世界の星のなかで最も光り輝くものと比べようもないほどまばゆく輝いていて、くっきり浮き出ると、雷のごとく落下しながら、稲妻のように絶えずきらめきを放った。それが通過すると、それまで〈光〉だと思われていたものさえ輝きを失うのだった。
それは福音を告げる役目を負った〈御使い〉であり、その兜の前立てには生命の炎が燃え盛っていた。（中略）
〈御使い〉は棕櫚の枝と剣を持ち、その枝で〈霊〉にふれた。すると〈霊〉は変容し、その白い翼が音もなく開いた。
〈光〉が伝わると、〈霊〉は〈熾天使〉Sérafinに変わり、天上の装いである栄光ある姿に身をつつむと、激しい光の放射がほとばしり、二人の〈見者〉はその光に雷に打たれたようになった。（中略）
この〈天使〉〔〈熾天使〉を指す〕は、ついに向き合ってまざまざと目にすることのできた「至聖所《サンクチュエール》」

のまえでひざまずくと、二人を指しながら、「この二人にもっと先を見せてあげてくださいあの者たちはやがて主を愛し、主の御言葉を宣べ伝えるでしょう」と言った。

この祈りをささげると、一枚のヴェールが落ちた。(中略)

〈熾天使〉の涙が二人の周囲に蒸気のように立ち昇り、二人から下位の世界を隠し、二人を包み、運んで行き、いっさいの地上的な意味合いを忘れるように伝え、神的な事柄の意味を理解する力を与えた。

〈真実の光〉が現れ、万物を照らしたが、〈地上界〉Terrestres〈霊界〉Spirituels〈神界〉Divinsが運動を汲みあげているこの源泉を目にして、二人には万物が乾ききっているように思われた。

(XI・八五三―四)


これが、ミナとウィルフリッドが立ち会うことを許された昇天の場面だが、それを描写する地の文に、バルザックの体系への意思が認められる。「至聖所《サンクチュエール》」から発する〈真実の光〉とは「神」にほかならず、それが〈地上界〉〈霊界〉〈神界〉にとって運動の「源泉」であり、つまりは生命の糧を与える「源泉」だと記されている。これに類似した記述が、四章「聖所の雲」の地の文にあって、そこには「憐れなフィレンツェの追放者〔ダンテのこと〕の前に、〈自然界〉Naturel〈霊界〉Spirituel〈神界〉Divinという三つの世界が、その一切の領域をともなって姿を現わした」(XI・八〇四)と書かれている。文脈的に補足すれば、この前後で、神秘的もしくは奇跡的な光景に立ち会ったダンテやキリストといった偉人たちの例が紹介されていて、そうした例が必要になるのは、つづいて、ベッケル氏とウィルフリッドとミナがセラフィタと会う場面の準備としてである。つまり小説家にとって、それくらいセラフィタとの場面を神秘的というか奇跡的なものにしたいということだろう。そうした文脈的細部の違いは措くとして、要は、ダンテの例とともに三つの世界として差し出されている〈自然界〉〈霊界〉〈神界〉が、ほとんど昇天の場面の描写に現われるものと同じなのだ。第四章で〈自然界〉Naturelと呼ばれる世界が、昇天の描写では、その光景にふさわしく〈地上界〉Terrestresと呼ばれているものの、それらはともに同じ世界を指している。

そしてこれらの語の淵源はというと、なんと『ルイ・ランベールの知性史』の前半断片の「XX」にほかならない。そこには、すでに紹介したが、「三つの世界が存在する。〈自然の世界〉NATURELと〈精神の世界〉SPIRITUELと〈神の世界〉DIVINである」（XI・六八八）とあって、それぞれの世界に対応する「〈本能の人〉は事実を望み、〈抽象の人〉は観念にたずさわり、〈特殊の人〉は究極を切望し、神を予感し、観想する」（XI・六八九）という記述まである。ところで、二つ目の世界が原文では同じSPIRITUELなのに、それぞれの文脈によって訳語が異なっていて、一方では「精神の世界」と訳され、他方では「霊界」と訳されているが、そのどちらも地上と天上の両極のあいだにあって、どちらかといえば地上との結びつきの強い『ルイ・ランベールの知性史』では〈精神の世界〉となり、天上との結びつきのより強い『セラフィタ』では〈霊界〉と訳されていて、バルザック自身は同じものを指している。訳語にこれだけの違いが生じるのは、おそらく、発狂にまで至るランベールの知性史に焦点があるのか、すでに〈天使霊〉として生まれたセラフィタの変容と昇天に焦点が当てられているのか、の違いによるものと思われる。

こうして見てくると、バルザックは『絶対の探究』ではじまった〈物質〉に充ちた〈自然界〉から出発し、『ルイ・ランベールの知性史』をはさんで〈神界〉の神秘にまでふれた『セラフィタ』に至る過程で、変容による移動可能な、それでいて一体性のある全体を志向する体系を差し出している。〈絶対的なもの〉、〈超越的なもの〉が必要だったのは、「神」にまで至る体系を小説家が考えていたからであろう。『あら皮』の〈あら皮〉をふくめて、それらが「神」にかかわるのは、ヨーロッパで全体性と〈絶対的なもの〉を思考するときにこれを避けては通れないからであり、また、バルザック自身も、そうした神秘的な傾向を深いところで共有しているからでもあるが、力説しておきたいのは、そうであっても、同時代の科学（動物学をはじめ化学にいたるまで）に深い興味を示した小説家が、自らの体系として〈物質〉から「神」に至るフィールドを一つの全体として捉えていることだ。その体系のなかでは、だから〈物質〉の変容（つまり物質の化合や分解）も、人間から〈天使霊〉への変容も、さらには〈天使霊〉から「神」に最も近い〈熾天使〉への変容も、同じ変容であって、それらが違和なく並ぶのがバルザックの「哲学的」体系にほかならない。バルザックがつねに汎神論的といわれるのは、こうした体系の射程が物質の世界からスピリチュアルの世界までを同じ一つの地続きとみているからだ。そしてそのときの小説家は、〈物質〉の変容を可能にする〈絶対〉と呼ばれる〈一なる物質〉Matière Une を発想し、〈宇宙〉の万物を創造する「神」を〈単一性〉Unité と見切っている。そこに貫かれているのは、夥しい多様なるものを一つの全体に束ねる構造的な視点というか視力の強度にほかならない。そしてバルザックは、ほんらい同じ地平に置かれることのない〈物質〉の世界と〈神〉の世界を一つの全体として考え、それを連続した「哲学的」体系として主要な哲学的長篇小説によって描き出したのである。

このことを逆にいえば、バルザックが『セラフィタ』を書くことで、〈物質〉からはじまる自らの体系が「神」にまで至り、ひとつの全体性を獲得したからこそ、以降、もはや哲学的小説を書く必要がなくなったともいえるのではないか。『絶対の探究』であらゆる〈物質〉を生み出す統一原理＝物質を差し出してから、『セラフィタ』によって「神」にまで至る全階梯を書き切り、それ以上、自らの体系を広げる必要はなくなった。「神」以上の〈超越的なもの〉はないからである。とすれば、一八三五年の『セラフィタ』以降、哲学的小説をバルザックが新たに書かないのは、きわめて意志的かつ構造的な選択の結果というほかない。

注

＊　このSUBSTANCE ÉTHÉRÉEを訳せば、文字通り〈エーテル状物質〉となるが、同じ文脈で、モノ一般をさすMatièreを〈物質〉と訳すことから、あえてこれに〈エーテル体〉という訳語をあたえる。

＊＊　瞑想の種類によっては、チャクラと呼ばれる身体の部位を四大＝エレメントに対応させ、そこを開くことで上位のチャクラにある光との合一＝一体化を目指し、存在そのものに変容をもたらすものがあって、この個所の記述とのあいだに極めて強い親和性が見てとれる。

引用

（1）大須賀沙織「『神秘の書』をつなぐテーマ」、水声社版『神秘の書』所収、二〇一三、四一〇—三ページ。

第五章　「構成の単一性」あるいは「人物再登場」

万物創造と「構成の単一性」

前章の最後に、「小説家は、〈物質〉の変容を可能にする〈絶対〉と呼ばれる〈一なる物質〉Matière Uneを発想し、〈宇宙〉の万物を創造する「神」を〈単一性〉Unitéと見切っている」と記しながら、「神」を〈単一性〉と言い切る小説家の大胆さに舌を巻いていた。と同時に、それと同じことをセラフィタが口にしているのが気になり、急いで当該ページを読み返したのだ。それは『セラフィタ』の第四章「聖所の雲」の、セラフィタ自身が牧師とミナとウィルフリッドをまえに語るなかにある。

〈単一性《ユニテ》〉としての神は、自らとは何ら共通点のない諸々の〈数〉によってはじまります。〈数〉の存在は〈単一性《ユニテ》〉に依存していますが、〈単一性《ユニテ》〉じたいは一つの〈数〉になることはなく、それでいてすべての〈数〉を生み出します。牧師さん、神は創造物とは何の共通点を持たないのに、それでいて創造物をすべて生み出す壮大な〈単一性《ユニテ》〉なのです！

（XI・八一八）

「神」を敬虔に信じるセラフィタの口から、〈数〉との関連で「神」の〈単一性〉が語られている。その言い切り方の大胆さと信仰の敬虔さの落差に、わたしは顰蹙《スキャンダル》にも似た驚きを感じたのだが、哲学的小説をたどれば、これは『ルイ・ランベールの知性史』の、とりわけ〈数〉と「神」の〈単一性〉を同時に語る後半断片「XⅢ」の反復でもある。そして、引用個所をさらに先まで読み進んだとき、わたしはセラフィタの途轍もない大胆さに度肝を抜かれたのだ。そのセリフは、いま差し出した個所の、「神」はすべてを創造する「壮大な〈単一性《ユニテ》〉」だという発言をさらに進めている。

　あなた方は、神を創造者と呼ぶことで矮小化しています。神は、あなた方が考えているようには、植物も、動物も、天体も創造なさってはいません。神が、いくつもの手段を使って創造をおこなったなどということがありうるでしょうか。神は構成の単一性を用いて振る舞われたのではないでしょうか。それゆえ神はいくつかの最初の要素をあたえ、それらがいかなる環境に置かれようとまかせたまま、神の一般的法則にしたがって、それらが生長するようにしたのです。ですから、ただ一つの実体とその動きがあり、ただ一つの植物があり、ただ一つの動物があるだけです。しかしそこには、切れ目なく連続する関係が存在します。じっさい、そこに働く一切の親和力は、隣接する類似性によってつながれています。

（XⅠ・八二六―七）

ことあろうに、セラフィタは「神」の万物創造を「構成の単一性」という視点から語っている。単に〈単一性〉と口にしているのではない。「神は構成の単一性を用いて振る舞われたのではないでしょうか」という具合に、「構成の単一性」によって「神」の万物創造を説明しているのだ。言うまでもなく、「構成の単一性」とは、動物学の領域でジョフロワ・サン＝ティレールが唱えた基本原理である。つまりセラフィタは、当時の科学用語で「神」の万物創造を説いていることになる。*それも〈天使霊〉として生まれ、「神」を疑いなく信じ、これからまさに〈熾天使〉に変容しようというセラフィタ自身が、汎神論的とさえ非難されたジョフロワの提唱した「構成の単一性」を口にしていることに、わたしはスキャンダラスな違和感を強く覚えるとともに、一瞬、どう考えていいのかわからなかった。セラフィタに、「構成の単一性」によって「神」の万物創造を語らせているのはバルザックだから、と自分に言い聞かせたが、それでも「神」の万物創造と「構成の単一性」という取り合わせの異質さに、度肝を抜かれたのである。小説家は、「神」にすべてをささげるほど信仰心の篤いセラフィタを描いておきながら、そのセラフィタ自身に、ジョフロワ・サン＝ティレールの基本原理を使って「神」の創造行為を説明させている。しかもそのギャップに、少しも違和を感じていないように見える。引用した個所にある「ただ一つの植物があり、ただ一つの動物があるだけです」とは、まさにジョフロワ・サン＝ティレールが自らの基本原理を説明する文言、たとえば『有機体に関する構成の単一性の原理について[1]』の再利用にほかならない。セラフィタに、そんなことを言わせてしまったというスキャンダラスな驚きと同時に、そこまで表現する小説家にわたしはひどく仰天した。バルザックはたしかに、神秘的なもの・神聖なものへの志向を持つが、「神」をもジョフロワの原理を用いて自らの「哲学的」

体系になじむかたちで取り込もうとするその知的貪欲さに、畏怖の念さえ覚えたのである。

nとu あるいはアカデミー論争

じつは、わたしの気になった個所はセラフィタの発言のほかにもあって、それは『ルイ・ランベールの知性史』の、ルイ自身が伯父宛に書いた手紙でパリ時代の自らの学業を語るこんな文言である。

昨晩、メーローという名の若い医者と窓辺でパンとぶどうを食べました。ぼくたちは、不幸によって兄弟同然となった者どうしとして語り合ったのですが、ぼくは彼にこう言いました。「ぼくはパリを去ることにしたよ、きみは残って、ぼくの構想を引き受けて、発展させてくれたまえ」「それはできないよ」と彼はつらく悲しそうに答えました。(中略)ぼくたちは手を握り合いながら、天を仰ぎました。ぼくたちは比較解剖学の講義や自然誌博物館の陳列室で出会い、動物学の構成の単一性という同じ研究に導かれていました。それは、彼にあっては、知性の未開の領域に新たな道を切り開くために送られてきた天才の抱く予感であり、ぼくにあっては、全体にかかわる体系からの推論でした。(XI・六五二)

ここでも「動物学の構成の単一性」が話題にされているが、それは熾天使になる存在の口を通してではなく、「研究」という言葉から示唆されるように、ランベールのパリでの学究にかかわってである。そのことで注目に値するのは、ランベールの友人として名前があがるメーローMeyrauxにほかならない。このメーローには重要なモデルがいるのだ。モンペリエ大学で医学の学位を取得し、一八三二年に三十七歳で夭逝したピエール・スタニスラス・メーランMeyranxである。名前の綴りを見ればわかるように、バルザックはMeyranxメーランのnを一八〇度ひっくり返してuにし、Mey-rauxメーローという名を作り出したのだ。若いころ印刷屋と活字鋳造までした小説家にふさわしい変換だが、プレイヤード版の注によれば、メーランは「脳の研究に没頭し（中略）、比較解剖学と構成の単一性に熱中して」（XI・一五七五）いる。マドレーヌ・ファルジョーは『バルザックと『絶対の探究』』のなかで、バルザックが自然史博物館での講義に出ていた時期に「メーランに遇っているだろうか？」[2]と問いながら、バルザックと共通の知人あてに、死を覚悟した赤貧状態のメーランが残したものを遺贈する旨の手紙を掲げている。しかもメーランは『幻滅』の第二部「パリにおける田舎の偉人」で「セナークル」について語られるくだりで、やはりルイ・ランベールの友人メーローとして紹介されている。

「だれよりもメーローだ。彼は、キュヴィエとジョフロワ・サン＝ティレールのあいだのあの有名な論争、いずれ劣らぬ二人の天才のあいだに科学界を二分させてしまうほどの大問題になる論争にかき立てられたあとで死んだのだ。（中略）メーランはあのルイの友人だった。」　（V・三一七）

『ルイ・ランベールの知性史』と『幻滅』で、同じ設定と言っていいだろう。要するに、実在した若い研究者を、名前を一文字だけ変えて二つの小説に用いていることから見て、バルザックがいい加減にはパリ時代のランベールを描いていないことが分かる。ふたりは「比較解剖学の講義や自然誌博物館の陳列室で出会い」、「動物学の構成の単一性という同じ研究」に導かれていたとあるが、その先には『幻滅』の第二部で示されるように、「あの有名な論争」がある。ランベール自身は一八二〇年にはブロワの伯父のもとに帰り、一八二四年には恋人の胸に抱かれて死んでいるから、その論争については関知していないが、それは、「構成の単一性」を主張するジョフロワがキュヴィエとのあいだで引き起こした「アカデミー論争」にほかならない。バルザックが『幻滅』でこの論争の直後にメーローが死んだと記すのも、ピエール・スタニスラス・メーラン自身が「いずれ劣らぬ二人の天才のあいだに科学界を二分させてしまうほどの大問題になる論争」の端緒を提供し、その三年後には死んでいるからだ。バルザックはアカデミー論争の史実を忠実に小説の細部に用いている。

そもそも論争の前提として、ジョフロワとキュヴィエのあいだには基本的な方法のちがいがある。比較解剖学を古生物学と分類学に持ち込むことで動物学を統合しようとしたキュヴィエが、機能上の目的を重視したのに対し、ジョフロワは構造的な類縁性に着目した。分類段階の最上位は動物界・植物界などの「界」であり、それに次ぐ分類段階が「門」となるが、キュヴィエは動物分類に四つの「門」を提唱し、それがほぼ十九世紀を通じての基本となる。脊椎動物門、軟体動物門、昆虫などの体節動物門、ヒトデやクラゲなどの放射動物門の四つであり、一つの「門」と別の「門」ではその動物の基本プランが完全に異なるため、「門」をまたぐような中間的・移行的な生物は存在しないとキュヴィエは考える。これに対し、ジョフロワは動物を解剖学的構造の類似性（それを相同とかアナローグと呼ぶ）から考える。これは、一八一八年にはすでに「アナローグの理論」として『解剖哲学』で主張され、さらには「有機体に関する構成の単一性」l'unité de composition organique とも呼ばれ、これをバルザックはセラフィタの口に上らせたのだが、ジョフロワの唱える基本原理となる。つまり、ジョフロワにとっては、構造上の類似＝アナローグがあれば「門」を越えることなど問題ではないことになる。そこに、論争にまで発展した最大の対立点がある。

両者の対立は、一八二〇年にジョフロワが「脊椎動物門に還元しうる昆虫について」という論文をアカデミーで発表し、昆虫の外骨格を脊椎動物の椎骨に対応させられるという論題を取り上げたことで顕在化する。それを、アペルは『アカデミー論争』のなかで、「キュヴィエは、機能が構造を決定し、神の創造においては新しい目的のため新しい手段を創造する自由が保たれねばならないと主張したのに対し、ジョフロワは機能から独立した相同の確立を説いた。キュヴィエが、自然の中に越え難いギャップを、とくに四門の間に見たのに対し、ジョフロワは、相同を通じてつながりを見た」（前掲書・二三七）と指摘している。そうして対立がますます激化していくなか、一八二九年十月、メーランが「軟体動物の体制についてのいくつかの考察」という論文を提出する。論文では、頭足類のコウイカを軟体動物の代表例にして「キュヴィエの四門で峻別される脊椎動物と軟体動物との間を埋めようという方法が提案されていた」（同・二四四）ため、アカデミーでの報告をジョフロワが指名されることになる。だが彼はその機会をとらえ、論文の内容と考察を大幅に逸脱し、自説に都合よく展開して報告する。たとえば、メーランは「軟体動物に脊椎動物の横隔膜の相同を発見し、軟体動物の頸部の軟骨性の輪環を脊椎動物の舌骨と比較し、脊椎動物の骨盤の諸要素を軟体動物の出入水口基部を縁取る軟骨性の針状体に見出した」（同・二四四）とまで言い切ってしまう。

こうして次のアカデミーの集会で、キュヴィエは「軟体動物論、とくに頭足類について」という論文を発表し、真っ向からジョフロワの報告に反対する。いくら相同部分を見つけても、相同を見つけることと動物の構成が単一であることのあいだには、ヒトと単細胞ほどの距離があると締めくくる。この論争は折しも七月革命を挟んで、新聞・雑誌、さらには市民をも巻き込んで大論争に発展していくのだが、メーランは自分の論文が思わぬかたちで一大論争のきっかけにされ、はからずもこの対立に巻き込まれてしまう。メーランの名前を一文字だけひっくり返したメーローの名前からは、そうした論争の文脈が喚起される。そして、「神」の創造を説明する際にセラフィタの口にする「構成の単一性」からも、色濃く同じ文脈が立ち上ってくる。それが熾天使になっていくセラフィタの物語にあまりにも異質だとわたしは感じて驚愕したのだが、逆に、その異質さがバルザック的であるようにも思いなされてくるのだ。

ところで、ここでふたたび先ほど引用したルイ・ランベールが伯父に書いた手紙のつづきにもどるが、それを読むと、ランベールの思索を『セラフィタ』へつなげようとする小説家の工夫が見て取れる。ランベールは「動物学の構成の単一性」を学んだと手紙に書いたあとで、「比較解剖学が社会の未来にとっての重大な問題といかなる共通点をもつのか、と伯父さんはお訊きになるでしょうね。（中略）人間が解明されていない変異の最終段階であり、そこまで上りつめているとしたら、人間は見える自然と見えない自然の紐帯《ちゅうたい》に違いないのではありませんか。（中略）でもわれわれと天上とのあいだには、恐るべき空隙があります」（XＩ・六五二―三）と述べている。ここには、「見える自然」と「見えない自然」を結ぶ絆としての人間という発想がすでに記されているが、ランベールは「見えない自然」である「天上」と人間のあいだにある隔たりを、「空隙」と認識しているのだ。そしてその「空隙」を、「天使霊」として昇天することで踏破するのがセラフィタにほかならない。そのことを視野に収めるとき、伯父への手紙のセリフによって、バルザックが『ルイ・ランベールの知性史』を『セラフィタ』に空隙なくつなぎ、自らの「哲学的」体系を完成させようとした姿がはっきりと見えてくる。そこに、『神秘の書』で『ルイ・ランベールの知性史』のあとに『セラフィタ』を並べた小説家の意図もまた浮かびあがってくるだろう。そうしてバルザックの「哲学的」体系が〈物質〉から「天上」までを射程におさめ、しかもその体系全体を、ジョフロワの「構成の単一性」の原理によって統御しようとする小説家の構想さえ可視となるのである。わたしの感じた異質さは、バルザックがそうした全体を一つの体系におさめようとすることへの違和感だったと言い換えてもよい。

「総序」〈人間界〉と〈動物界〉のアナロジー

熾天使になるセラフィタにまで「構成の単一性」を用いて「神」を語らせる点に、バルザックの全体志向の特異性は際立つのだが、この小説家は、『人間喜劇』の「総序」の冒頭でも「構成の単一性」に言及している。「総序」といえば、バルザックにとって、それまで書いてきた諸々の小説を『人間喜劇』の総題のもとにまとめると宣言する文章であって、いうまでもなく、それもまた全体と体系への志向が顕著な企てにほかならない。その「総序」の冒頭で触れるほど、この「構成の単一性」は自らの「哲学的」体系にとってばかりではなく、『人間喜劇』にとっても重要だとこの小説家はみなしていたのではないか。少なくとも、わたしはそう考えている。とすればバルザックが「構成の単一性」を、小説執筆にとっていかなる意味で重要だとみなしていたかを述べる必要があるだろう。そこでまず、少し長い引用になるが、「総序」の冒頭を見てみよう。

間もなく取りかかってから十三年にもなる仕事に『人間喜劇』というタイトルを付けるにあたって、その構想を語り、その起源を述べ、手短にプランを説明する必要がある。（中略）『人間喜劇』を最初に着想したとき、まずそれは私のなかで夢のようなものであり、実現不可能な計画の一つであって、温めてはいるものの、消え去るままにしてきた。（中略）この着想は〈人間界〉と〈動物界〉の比較から発している。

最近、キュヴィエとジョフロワ・サン＝ティレールのあいだで起こった大論争が科学の刷新に立脚していると考えるなら、とんだ誤りであろう。そこで言われた構成の単一性 unité de composition は、すでに別の言葉で、先立つこの二世紀の最も偉大な人間たちを捉えてきた。（中略）〔このなかに神秘思想のスウェーデンボルグも博物学者のビュフォンの名も他の者たちとともに挙がっている〕言ってみれば、かれらのうちに構成の単一性の基礎となる自己帰一性《soi pour soi》**という見事な法則の萌芽が見られる。動物はただ一つしか存在しない。創造主はすべての有機組織をもつ存在をつくるのに同じたった一つの型《パターン》しか用いなかった。動物とは、その外形を、もっと正確にいえば、その形態のさまざまな違いを、成長することになる環境のなかで獲得する一つの原理である。すべての「動物種」はそうした違いから生じている。そうした体系を公表し信奉したことじたい、この高度な科学の問題点をめぐってキュヴィエと論争して勝利したジョフロワ・サン＝ティレールの永遠の誉れとなるだろう。しかも、その体系は、われわれが神の力に対し抱く観念とも一致しているのだ。ジョフロワの勝利については、あの偉大なゲーテも筆を執った最近の論説で敬意を表している。

論争〔アカデミー論争を指す〕の引き起こされるはるか前から、そうした体系を確信していた私は、そうした点について、「社会」は「自然」に似ていると見て取っていた。「社会」は、人間から、その行動が展開される環境に応じて、それ相当の異なる人びとを作り出してはいないだろうか。動物学において、変種が存在するのと同じように。（中略）だからいつの時代にあっても、「動物種」が存在するように「社会種」というものが存在したし、存在することになろう。（I・七―八）

「総序」の言葉を信じるなら、バルザック自身、アカデミー論争の「引き起こされるはるか前から」ジョフロワ・サン＝ティレールの主張した原理を確信的に共有していたことになる。補注を付した引用の省略個所では、「構成の単一性」につながる発想の萌芽として、神秘思想家のスウェーデンボルグや博物学者のビュフォンへの言及があるが、それを、「神」につながる神秘の領域（スウェーデンボルグ）と「動物」につながる科学の領域（ビュフォン）と言い換えてもよいかもしれない。そこから、〈物質〉から「神」までを同じ射程に収めるバルザック的体系の、両義的な全体性が理解できるし、その構築に用いられた「構成の単一性」を、小説家が両義的に把握していたことも想像できるだろう。引用した個所に、「その体系は、われわれが神の力に対し抱く観念とも一致しているのだ」とある以上、バルザックにとっては、ジョフロワの説く「構成の単一性」の原理が「神」の万物創造とも矛盾しないということであり、両義性はこの重ね合わせから生じている。その意味では、バルザックは確信犯的に動物学の原理を自らの体系構築に援用している。しかも小説家は、「構成の単一性」をわかりやすく、「動物はただ一つしか存在しない」と言い換え、「創造主はすべての有機組織をもつ存在をつくるのに同じたった一つの型《パターン》しか用いなかった」とかみ砕いている。「一つの型《パターン》」を用いると発想しているから、当然、そこから派生する変種＝変容といった視点がバルザックの体系にも出てくることになるのだが、逆にいえば、バルザックは自らの体系にそのような可動性を求めていたからこそ、ジョフロワの「構成の単一性」を参照しようと思ったのかもしれない。

そのことを確認して、先ほど掲げた問題に触れようと思う。われわれは、いかなる点でジョフロワの説く「構成の単一性」が『人間喜劇』を編成するうえで、言い換えれば、小説を書いていくうえで重要だったのか、と問いを差し出していた。バルザックの思考を貫く両義性を理解したいま、動物学でジョフロワの主張した原理を小説という領域に持ち込むという両義的な企てについて、考えることができる。「総序」の冒頭には、それだけで段落を構成する強調された一文があって、それは「この着想は〈人間界〉と〈動物界〉の比較から発している」というものだが、〈人間界〉と〈動物界〉の比較という重ね合わせによって、すでに両義性が発揮されている。この比較（両義性）は、その少し先では、単純に「「社会」は「自然」に似ている」と言い換えられ、〈人間界〉と〈動物界〉の両義性がそのまま「社会」と「自然」のあいだに維持される。〈動物界〉とは、一つの型から生まれた多様な変種の動物たちをひとまとめにくくる言葉だが、そうした多様な動物たちが「自然」のうちに存在するように、「社会」には、やはり一つの型から生み出された多様な人間たちが存在する、という思考がそこにはある。バルザックは、そうした多種多様な人間からなる「社会」を小説で描き切ろうとした。「総序」を読めば、『人間喜劇』のそのような意図は明らかである。そして、そこに底流しているのが、〈人間界〉＝社会と〈動物界〉＝自然を重ねて見ようとするバルザックのアナロジー的な視点と発想にほかならない。そう、バルザックの思考に横溢する両義性は、小説の領域においてはアナロジー＝類似性へと変換されている。「〈人間界〉と〈動物界〉の比較」とバルザックは言っているが、この比較こそアナロジー的であって、それが、バルザックの小説を推進する力となっているのである。

バルザックは「総序」のさらに先で、「「社会」全体を写し取り、「社会」をその広大無辺の動揺のうちに捉えようすれば」（I・一四）と『人間喜劇』の射程を語っているが、この「「社会」全体」という言葉の先に、一つの問いが見えてくる。「自然」において、多種多様な「動物種」を生むのが「同じたった一つの型《パターン》」（「構成の単一性」）であるとすれば、では、「社会」全体を写し取ろうとする小説家にとって、多種多様な人間を社会に繁茂させる同様の「たった一つの型《パターン》」はあるのだろうか。あるとすれば、それはどのようなものになるのだろうか、という問いにほかならない。わたしはこの問いとともに、バルザックのアナロジー的思考の行き着く先を見とどけようと思う。

人物再登場は「構成の単一性《ユニテ・ド・コンポジシオン》」である

その問いを思い浮かべながら、わたしは「総序」を読みつづけた。そして終盤にさしかかり、「夭折により文学界から奪われた若き才能フェリックス・ダヴァン」（I・一八）という名前を目にしたとき、そのフェリックス・ダヴァンがしたためた「序文」を思い出したのだ。確認してみると、ダヴァンは二つの「序文」をバルザックに提供している。一つは一八三四年に五巻で刊行がはじまった『哲学的研究』の巻頭の「序文」であり、二つ目は一八三五年に四回目の配本がはじまった十二巻からなる『十九世紀風俗研究』の「序文」である。そのとたん、『十九世紀風俗研究』の「序文」を読んだときの、いくぶん徒労に似た記憶がよみがえってきた。その「序文」では、バルザックの小説がこれでもかといわんばかりに挙げられ、その一つひとつをダヴァンはほめるので、長々と書かれている割に、そのときのわたしにとって有効で必要な情報はほとんどなく、落胆したのだった。その「序文」に目を通してみると、一か所にだけ下線が引かれていた。いつもの読書のクセで、何か気になって下線を引いたのだろう。こんな個所である。

「最近、大いなる一歩が刻まれた。『ゴリオ爺さん』に、すでに作り出された登場人物の何人かが再び姿を見せているのを目にして、読者は、作者のきわめて果敢なねらいを理解したことだろう。それは、虚構の世界全体に生命と動きを与えることになり、おそらく、その世界の登場人物たちはさらに生き延びることになるが、その一方で、登場人物のモデルの大部分は死んでしまうか忘れ去られてしまうだろう。」（I・一一六〇）

当時、どうしてそこに下線を引いたのか、わたしは思い出せなかった。それでも下線部を読み返したとき、一つの文が目にとまった。「虚構の世界全体に生命と動きを与えることにな」る、という個所である。『人間喜劇』の「総序」でバルザックが述べた言葉と同じではないか、と思ったのだ。「総序」には、「「社会」全体を写し取り、「社会」をその広大無辺の動揺のうちに捉えようとすれば」とある。バルザックが描こうとした「「社会」全体」とは、つまるところ、ダヴァンの言う「虚構の世界全体」にほかならない。「序文」の巻末に付された日付が一八三五年四月二十七日だから、同年三月に刊行された『ゴリオ爺さん』をこの若き代筆者・ダヴァンは読んでいて、「最近」と言ったのだ。では、そのあとで言われる「作者のきわめて果敢なねらい」とは何を指しているのかといえば、それがバルザックの「虚構の世界全体に生命と動き」を付与したという以上、明らかに、『ゴリオ爺さん』からはじめられた「人物再登場」の方法を指している。この方法によって、小説家は「虚構の世界全体」に、つまりは自ら描き切ろうとした「社会」全体に「生命と動きを与え」ようとしたのであって、言い換えれば、社会＝虚構の世界全体を「その広大無辺の動揺のうちに捉えよう」としたのだ。

それをダヴァンは、「最近、大いなる一歩が刻まれた」と言ったのである。出版者の求めに応じて個々に書かれた小説ごとの虚構世界に属している登場人物が、再び別の小説世界（ここでは『ゴリオ爺さん』である）に姿を見せることで、その登場人物はこれまでの虚構世界を新たな虚構世界につなぐ。そのことで、孤立していた虚構世界が閉じたものから開かれたものになり、そうしてつながった世界は一つの大きな一体性と全体性を獲得する。それを何人もの登場人物が行なえば、虚構世界は幾重にもつながり、途方もない広がりを持つ。ダヴァン風に言えば、虚構世界全体に生命と動きが与えられる、ということだし、バルザック的に言えば、社会が広大無辺の動揺のうちに捉えられる、ということだ。そしてじっさいバルザックは、『ゴリオ爺さん』以降、この「人物再登場」の方法を多種多様な登場人物に当てはめていく。過去に書かれた作品の人物名を、版を改める際に変更し、異なる登場人物を一人の人物へと接ぎ木し、別々の虚構世界をも一つの大きな虚構世界へと接ぎ木する。登場人物が別の小説世界にふたたび姿を現わすとき、その年齢も変わり、没落した地方貴族の一文無しの青年がパリに上京し、別の作品では大臣にまでなろうとしているかもしれない。あるいは、逆に物語の時間をさかのぼって、登場人物はもっと若い自分の姿を見せることもできる。

この企ての行き着く先は、一つひとつの物語世界が作品ごとに孤立している世界ではなく、登場人物の動き＝交通によってつながる一体性を有した世界であり、そのとき、その虚構世界は孤立から連繋を経て一つの全体を獲得する。まさにそれは「虚構の世界全体」にほかならず、その全体がバルザックには『人間喜劇』というかたちで見えていたのだ。その意味で、この「人物再登場」は個々ばらばらに書かれてきた小説に統一性＝単一性 unité をもたらす原理でもあって、それらの小説を『人間喜劇』へと構成 composition するうえでの、きわめて重要な方法になっている。その意味で、「人物再登場」の方法は小説を書く上での「構成の統一性《ユニテ・ド・コンポジシオン》（単一性）」にほかならない。

そしてわたしは、とつぜん、ヴァションの『オノレ・ド・バルザックの仕事と日々』の一節を読んでいたときに感じた直感のようなものを思い出し、ひとり腑に落ちたのである。それは、一八三四年のバルザックの仕事を説明するこんな一節である。

「バルザックは（『ゴリオ爺さん』で）人物再登場という方法を用いると同時に、自らの作品を三つの区分に編成し直す。三つとは、「十九世紀風俗研究」（初回の配本は一八三三年十二月）、「哲学的研究」（初回の配本は一八三四年十二月）、そして「分析的研究」であり、その総題に「社会的研究」を構想していた。」

（同書・一四三）

そのときわたしがここに何かあると直感的に感じたのは、『ゴリオ爺さん』で「人物再登場」という方法を用いはじめるの「と同時に」自らの作品を三つの区分に編成し直す、という同時性・並行性についてである。その背景には、バルザックが自分の名前で小説を書きだした一八二九年からこの年（一八三四年）まで、「哲学的研究」に収まるような小説群と「十九世紀風俗研究」に収まる小説群を同時並行的に書き分けている、ということがあった。異質なものを同時に維持できるバルザックに驚嘆したのだが、その異質な小説群を一つの総題のもとに「編成し直す」ことと「人物再登場という方法を用いる」ことに、単なる同時性を超えた同質性のようなものを直感していたのだな、とこのとき腑に落ちたのである。

さらにいえば、そうした「編成」の延長線上に『人間喜劇』の企てがあるのだが、その「総序」でバルザックは、動物学でいうジョフロワの「構成の単一性」を、動物と人間のうちに見抜いたアナロジーというかたちで『人間喜劇』に持ち込んでいた。バルザックにとって、想像力と創造力の発動には、そうしたアナロジーが欠かせないのだが、動物学の基本原理を『人間喜劇』の編成・構成にとって有効な方法にするために、この小説家は、多種多様な動物を〈動物界〉に繁茂させる「構成の単一性」の原理を、多種多様な人間を「社会」全体＝虚構世界の全体に行き渡らせる「人物再登場」として発想したのではないか。バルザックにとって、「人物再登場」の方法は動物学でいう「構成の単一性」の原理とアナロジーの関係にある。この「人物再登場」の方法によって、ばらばらに孤立した物語からなるバルザックの小説が、一つの全体性を獲得した虚構世界に、つまりは『人間喜劇』になり、二千人以上の登場人物が繁茂する「社会」になったのだ。その意味で、「人物再登場」はそこから多種多様な人間を「社会」に繁茂させる「たった一つの型《パターン》」にほかならない。「構成の単一性」が動物にとってそうであるように。わたしがヴァションの文章の示す同時性のうちに直感した同質性の延長線上に、「構成の単一性」と「人物再登場法」の相同性＝アナロジーもまたあるのだろう。その、異なるもののあいだに相同性を見抜く視力の強さこそがバルザックのアナロジー的思考の強度にほかならない。

追加された献辞

〈物質〉から「神」までを射程に収めるバルザックの「哲学的」体系を支えるジョフロワの「構成の単一性」の原理が、こうして『人間喜劇』という巨大な虚構世界を支える「人物再登場」の方法につながっているのを確認し、わたしはバルザック的思考（それはアナロジー的でもある）の強度に驚嘆している。と同時に、一つのことが腑に落ちたのである。一八三五年に『セラフィタ』が書かれて以降、哲学的小説がいっさい書かれなくなり、それを切断とも呼んだが、これまでそれは『セラフィタ』が書かれ、小説家の「哲学的」体系が完結したからだと理解していた。たしかにそれもあるだろうが、しかしそれ以上に、この切断には別のことがかかわっている。すでに指摘したように、『セラフィタ』で完結するバルザックの「哲学的」体系全体を統御するのは、ジョフロワの「構成の単一性」の原理であった。そしていま見てきたように、同じ一八三五年に上梓された『ゴリオ爺さん』ではじめられた「人物再登場」の方法が「構成の単一性」と強い相同性＝アナロジーを発揮している以上、切断と見えたものが一種の連繋の結果と見えてきたのだ。哲学的小説が書かれなくなって以降、もっぱら書かれるのは『ゴリオ爺さん』に代表される「風俗研究」の小説ばかりだが、それは切断ではなく、「哲学的研究」と「風俗研究」のあいだで、「構成の単一性」が「人物再登場」として引き継がれたからではないか。わたしが切断と呼んだものは、バルザックの体系を支える原理がその小説を統御する方法へと姿を変えて受け継がれた結果ではないか、と深く納得したのである。

そして、「人物再登場」が初めて実践に移されている『ゴリオ爺さん』のページをめくりはじめたとき、わたしはまたしても驚いたのである。何度も見ているはずのものが目にとまり、これまで見過ごしていたことに気がついたのだ。それは、巻頭に掲げられた献辞である。そこには「偉大で高名なジョフロワ・サン＝ティレールに捧ぐ　その業績と天才への感嘆のしるしとして　ド・バルザック」と記されていた。ジョフロワの名前をふくむ献辞の前半が大きな活字で組まれているが、わたしは「人物再登場」をはじめた『ゴリオ爺さん』が「構成の単一性」を主張した動物学者に捧げられていることに、腑に落ちる以上に興奮し、驚愕したのである。

すぐさま、わたしはいくつか異なる版の『ゴリオ爺さん』に当たり、黄色い表紙のクラシック・ガルニエ版が懐かしく、これを読みはじめた。校訂者が異なると、当然、付されている注記もちがってくる。大学院の学生のころ、論文を書く際に愛用した版だ。当時のプレイヤード旧版の『ゴリオ爺さん』よりも、圧倒的に編注の情報量が多かった。その注に、ジョフロワへの献辞は『ゴリオ爺さん』に当初から付されていたものではなく、「構成の単一性」を冒頭に書き込んだ「総序」の発表された一八四二年の翌年に、フュルヌ版『ゴリオ爺さん』の巻頭に掲げられた（同書・三）とある。そのことでわたしは、さらに驚きの度を深めた。

この献辞は、社交辞令や友情の表明といった御座なりのものではない。「総序」で『人間喜劇』の発想を述べ、その根底にジョフロワの「構成の単一性」の原理が横たわっていると告げたあとの『ゴリオ爺さん』の改版の機会に、「人物再登場」をはじめて用いた小説の巻頭にバルザックはその学者の名を記したのだ。わたしはすでに、この「人物再登場」の方法が『人間喜劇』を編成・構成するうえで、虚構世界の全体性を担保する技法であり、小説を書く上での「構成の統一性＝単一性」の機能を果たしている、と指摘したのだが、バルザック自身、ジョフロワの唱える「構成の統一性」と自らの「人物再登場」のあいだに強い親和性のあることを把握していたのではないか。自然界の動物にせよ、物語世界の人物にせよ、どちらもそれらに充ち溢れた世界全体を生みだす原理＝方法である。しかも「構成の単一性」は、すでに見たように、バルザックの「哲学的」体系をも支えていた。あいだに「構成の単一性」を置くことで、自らの「哲学的」体系と「人物再登場」の方法がつながり、そこにもまた強い親和性があることがバルザックには見えていたのだろう。これを、たとえば、記号を形成するシニフィアン（記号表現）とシニフィエ（記号内容）の視点で考えると、その二つが恣意的（無関係）に結びついている記号一般とは逆に、バルザックの場合、〈物質〉から「神」までを同じ地平に収める「哲学的」体系（これがシニフィエに相当する）と虚構世界を生成していく力となる「人物再登場」の方法（これがシニフィアンに相当する）は、たがいに親和性を有している以上、非・恣意的な関係にあるということだ。つまりその両者は、「構成の単一性」によって動機づけられている。あえて記号を持ち出してまで指摘したかったのは、バルザックの「哲学的」体系と「人物再登場」の関係が動機づけられていて、一八三五年に起こったことを切断と呼ぼうが連繋と呼ぼうが、そこにあるのは自らの「哲学的」体系という世界観の、小説上の方法への動機づけられた変換にほかならないということなのだ。

バルザックはこの変換をじゅうぶん承知の上で遂行したのではないか。少なくとも、「人物再登場」を実践に移し、その方法に促されるように『人間喜劇』を構想していく過程で、バルザックは「構成の単一性」とのつながりを自覚していったと考えられる。でなければ、『ゴリオ爺さん』の巻頭という場所がジョフロワへの献辞に選ばれてはいないだろう。なにしろ、「総序」の発表前から『人間喜劇』の刊行ははじまっていて、改版の機会はほかの多くの小説にもあったにもかかわらず、バルザックは献辞の場所に「人物再登場」を初めて用いた『ゴリオ爺さん』の巻頭を選んだのだから。動物学でジョフロワが「構成の統一性」の原理を打ち立てたとしたら、この自分は小説のフィールドでそれに匹敵する「人物再登場」の方法を発明した。そうした作家としての自負と先行者への感謝を、その献辞は示しているように思われる。『ゴリオ爺さん』の献辞にジョフロワ・サン＝ティレールの名を見つけて、わたしはそのような思いを強くするとともに、「人物再登場」が虚構世界を繁茂させる「構成の単一性」だと見切った小説家の視線の強度に、くらくらと眩暈《めまい》を覚えたのだ。

＊注

＊　ジョフロワの基本原理「構成の単一性」に依拠して「神」の創造を語ることで、セラフィタの発言は、そのじつ「神」への信仰を否定する汎神論的な要素をふくむことになるが、それは、当時、ジョフロワがキュヴィエから批判されていた点とまさに同様である。キュヴィエは、なかでも『自然誌辞典』（一八二五）の「自然」の項目で、「近年になって新しい形の汎神論の形而上学的システム、彼らが呼ぶところの自然哲学を出そうとした輩」とジョフロワを強く批判し、さらには「このようなシステムは創造主の自由を妨げてしまうだろう。いったいいかなる法則が、創造主に必要もなく無用なさまざまな形態を創り出すよう強いたというのか、それもっぱら、生物体系の欠落を埋めるために」と指摘していて、その自然観が「神」から離れて自律していることを非難している。それだけに、セラフィタの説明は、「神」に対する自身の信仰の吐露という以上に、バルザック自身がジョフロワの原理を援用して「神」を自らの「哲学的」システムに取り込む際の論理の展開となっている。以上、『アカデミー論争』（二二八—三〇）と『有機体に関する構成の単一性の原理について』の「緒言」（三二）を参照。

＊＊　この用語もまたジョフロワから来ているが、「自己帰一性」は「構成の単一性」を、よりニュートンの引力の法則を意識した広範な視点から言い換えたものである。バルザックが『セラフィタ』で、「ですから、ただ一つの実体とその動きがあり、ただ一つの植物があり、ただ一つの動物があるだけです。しかしそこには、切れ目なく連続する関係が存在します。じっさい、そこに働く一切の親和力は、隣接する類似性によってつながれています。（XI・八二七）」とセラフィタに言わせている「親和力」に、「自己帰一性」が示されている。『アカデミー論争』のアペルの説明がわかりやすいので、以下に引いておく。「親和力の法則である「自己帰一性」は、字義どおりなら「自身のための自身」だが、まさにジョフロワの統一理論の法則であった。「自己帰一性」はニュートンの引力の法則（それを多くの人が天文学だけに適用可能であると考えていた）を物質の最小粒子にまで敷衍するはずのものであった。似た部分同士の親和力を一般化して、一八二七年には奇形にまで適用したジョフロワの泥臭くて混乱したこの法則は、一八三四

年に科学アカデミーに報告され、『研究の進展』掉尾の論文として「普遍則（『自己帰一性』の親和力）、または自然哲学上のすべての現象解釈に適用可能な鍵」と題して公表された」。（同書・三〇五）

引用

（1）ジョフロワ・サン＝ティレール『有機体に関する構成の単一性の原理について』Étienne Geoffroy Saint-Hilaire, *Sur le principe de l'unité de composition organique, introduction aux leçons professées au Jardin du roi* (Éd.1828), Hachette Livre et BNF, P11.

（2）マドレーヌ・ファルジョー『バルザックと『絶対の探究』』Madeleine Fargeaud, *Balzac et La Recherche de l'Absolu*, Librarie Hachette, 1968, p137.

第六章　交通と障害　小説を書かずに書く

「人物再登場」の二つの方法

「人物再登場」の方法について具体的に見るまえに、まず、欠かせないエピソードから紹介しよう。それは、バルザックの没後に妹のロールが発表した著作に記されている身内の証言で、「人物再登場」が語られる際にしばしば引き合いに出されるエピソードである。

あれは一八三三年ごろ、『田舎医者』が刊行されたとき、兄はすべての登場人物を結び付けて完全な社会を作ろうと思ったのです。兄がそのアイデアのひらめきを受けた日は、彼にとって素晴らしい日となりました。

トゥルノン街を離れて住むことになったカッシーニ街を出ると、兄は当時わたしの住んでいたポワッソニエール街まで走ってきたのです。

「ぼくに敬礼だ。だって、ぼくはじつにいま天才になろうとしているのだからね！」と兄は嬉しそうに言いました。
そのとき兄はわたしたちに自分のプランを展開したのです。(1)

これは、この場面に立ち会ったという妹のほかには確認しようもない挿話で、だからあくまで「人物再登場」に付随するエピソードとして紹介されることが多い。妹の言を信じるなら、バルザックが語ったという「すべての登場人物を結び付けて完全な社会を作」るというアイデアはまさにこの小説家の「人物再登場」の意図と同じであり、その着想は『ゴリオ爺さん』刊行の二年ほど前にさかのぼることになるが、あくまで一つの身内の証言として挙げておく。アイデアを得たのがいつであれ、「人物再登場」の方法を実践に移したのは『ゴリオ爺さん』からに変わりはない。では、いったいどのようにバルザックはこの方法を用いて『ゴリオ爺さん』を書いたのか。

小説を書くという視点から見れば、「人物再登場」の援用の仕方は二つに分かれる。一つは、すでに刊行されている小説で語られている出来事の延長線上に、関連した場面を『ゴリオ爺さん』につくり、そこにすでに刊行された小説の作中人物をふたたび登場させる方法。もう一つは、先行する小説に姿を見せた人物の名前を維持し、あるいはそれを変更し、ときには『ゴリオ爺さん』で当初用意された名前さえも変え、ともかくも別々の小説で異なる人間として設定・構想された人間に同じ名前を与え、一人の人物を作り上げる方法。前者の方法で『ゴリオ爺さん』に再登場するのは、『ゴプセック』(一八三〇年の刊行当時のタイトルは『不身持の危険』)に出てくるレストー伯爵夫人であり、『捨てられた女』（一八三三）でヒロインをつとめるボーセアン子爵夫人であり、『ランジェ公爵夫人』（一八三四年に『十三人組』の二巻目に『斧に触れるな』のタイトルで刊行される）のランジェ公爵夫人ということになる。これに対し、後者の方法で登場するのは、パリでの成り上がりを夢に見て上京した地方貴族の末裔・ラスティニャックであり、その彼に密かに恋をするヴィクトリーヌ・ターユフェールである。

舞踏会　書かずに加筆する方法

前者の方法にかかわる主要な登場人物がみな上流貴族の夫人であることには、小説的な意味がある。正確にいえば、バルザックは『ゴリオ爺さん』より前に書かれた小説のなかから、構想する場面にふさわしい人物を選び、それが三人の貴族の夫人になったということだ。あるいは、その三人を先に選び、貴族の夫人たちにふさわしい場面を考えたのかもしれない。ともあれ、この三人の貴族の夫人がそろって顔を出す有名な場面を、バルザックは『ゴリオ爺さん』に用意する。ボーセアン夫人が催す上流貴族を集めた舞踏会のシーンにほかならない。それも、ただの舞踏会ではない。ボーセアン夫人にとって、愛人のアジュダ＝パント侯爵が若い貴族の娘と婚約し、自分が捨てられたことを知り、ノルマンディーへ隠遁することを決意するが、その前に催された社交界への決別の舞踏会である。その舞踏会に、バルザックはいま挙げた三人の女性を、それぞれの小説での状況に応じた仕方で登場させる。言うまでもなく、それぞれの状況に応じた仕方というのは、三人の夫人は『ゴリオ爺さん』の前にすでに自らを主人公にした小説に登場していて、その先行小説で語られた内容をひっさげて舞踏会に登場するからである。

ボーセアン夫人について見れば、『捨てられた女』（一八三二）は『ゴリオ爺さん』刊行のすでに二年前に発表されているが、それは夫人がノルマンディーに隠遁してからの後日談である。『ゴリオ爺さん』と『捨てられた女』のあいだには、書かれた時期と虚構世界の時間の逆転が認められる。ただし、『捨てられた女』が書かれたとき、おそらく『ゴリオ爺さん』で語られることになる舞踏会の場面など小説家の念頭にはなかっただろう。もう恋などしないと決めて地方に隠遁した夫人（当時、三十歳）が、その地に医者からの療養のすすめできた二十三歳のガストン・ド・ニュエーユに恋され、二人は年齢差を乗り越え、幸せな時間を過ごすが、最終的には、軽率なガストンの振る舞いをきっかけに二人が悲劇へと転落していく物語になっている。バルザックは、あとから書いた『ゴリオ爺さん』で、隠遁前のボーセアン夫人の姿を描いてみせたのである。そしてそうなったとき、何ら書き加える必要もなく『捨てられた女』に新たな意味が加わる。ガストンの思いを受け止める前の夫人は、すでにアジュダ・パント侯爵に振られた傷心をかこっていて、それだけにガストンとの新たな恋に踏み出す夫人の覚悟のようなものが付与され、しかもその恋もまたガストンが別な女性と婚約してしまうというアジュダの場合と同じ理由で悲劇に向かうとき、高貴なボーセアン夫人の悲恋に反復による宿命感が醸成される。「人物再登場」という方法は、人物を異なる小説に登場させるだけで、以前の小説を、筆を加えることなく同時に書き換えてしまうのだ。バルザックはそういう画期的な方法を着想したのである。

ゴリオの娘レストー伯爵夫人についてみれば、彼女は『ゴプセック』(一八三〇)(このタイトルになるのは一八四二年のフュルヌ版からで、当初のタイトルは一八三〇年の『不身持の危険』、次いで一八三五年に『パパ・ゴプセック』)で、賭博好きの若い愛人がつくった莫大な借金のかたに、レストー家に伝わる家宝のダイヤモンドを高利貸しのゴプセックのもとに持ち込み、換金してしまう。そのことは、『ゴプセック』の冒頭すぐにグランリュウ子爵夫人の口から、レストー夫人は「生まれも卑しく、ゴリオとかいう家の娘だったの。以前、良くない噂あれこれとふりまいたこともあってね。父親にとてもひどい仕打ちをして」(Ⅱ・九六二)という具合に、自らの娘に対し口にされるのだが、そのセリフじたい一八三五年十一月に再刊された『パパ・ゴプセック』(ベシェ版)での加筆なのだ。それは『ゴリオ爺さん』の刊行のあとになり、つまり、一八三〇年にこの小説が刊行された時点では、レストー伯爵夫人はまだゴリオの娘という設定が決まっていなかった。そうした親娘関係も、「人物再登場」のおかげで『ゴリオ爺さん』執筆の際に定まるのだ。

そしてレストー伯爵夫人の過去にもどれば、彼女が家宝のダイヤモンドを高利貸しのもとで換金したことは、やがて夫の知るところとなり、レストー伯爵はそれをなんとか取りもどし(そのプロセスは『ゴプセック』で詳しく語られる)、妻の前に突き付け、隠し事が明るみに出てしまう。その際、伯爵自身が、自分の血を引く子は子供たちのなかにいるのか、と問いただすリアルな場面も用意されるが、レストー伯爵夫人は、ボーセアン夫人の催す舞踏会で、社交界に広まった噂を否定するため、夫が契約書と引き換えに取りもどした家宝のダイヤモンドを身に着けているところを貴族の連中に見せなければならない。その様子をバルザックは、「伯爵夫人はありったけのダイヤモンドをこれ見よがしに身につけ、見事だったが、彼女にとってはおそらく、ダイヤモンドが焼けつくようだったろう。それを身につけるのも、これが最後だった」（前掲書・二八一）と描いている。このくだりを読めば、読者は『ゴプセック』で語られたレストー夫妻の、さらにはその子供たちを巻き込んだ物語を舞踏会から近い過去のこととして思い浮かべることになる。もちろん『ゴプセック』には、この舞踏会のあと、レストー家がどんな顛末をむかえたかもリアルに描かれている。つまり『ゴリオ爺さん』に差し挟まれたレストー夫人をめぐる挿話は、『ゴプセック』だけではうかがい知れなかった貴族の内情を赤裸々に読者に暴露するものになっている。

　では、ランジェ公爵夫人はといえば、『ゴリオ爺さん』で語られる出来事を挟むように、『ランジェ公爵夫人』（一八三四）〔このタイトルは一八四〇年からで、当初のタイトルは一八三四年の『斧に触れるな』〕で食い違う恋の悲劇が語られる。舞踏会の少し前の時期に、ランジェ公爵夫人はからかい半分に、まっすぐで初心なモンリヴォー将軍に媚態《コケットリー》を示す。ところが将軍は夫人に真剣に恋をしてしまう。それが社交界によくある遊び心からなされたものだと知り、もてあそばれた屈辱から復讐にでる。将軍は仲間（それが十三人組である）と共謀して夫人をさらい、その額に焼き鏝を押そうとするが、できず、夫人を許す。すると許されたランジェ公爵夫人が、今度は貴族の夫人であることをかなぐり捨てて将軍に恋をする。ところが将軍は夫人に見向きもしなくなる。ランジェ公爵夫人にとっては、ボーセアン夫人の舞踏会に将軍が姿を見せることに最後の望みをかけていたのだ。だが、ついに将軍は現れなかった。そうして有名なシーンが、みなが帰ったあとの、午前四時の舞踏会の光景である。すべてを受け入れたランジェ公爵夫人がボーセアン夫人の前で、これまでの社交界での振る舞いを詫び、「あなたに申し訳ないことをしてきたわね、必ずしもいつも親切とはかぎらなかった。許してね。（中略）同じ苦悩がわたしたちの魂を結びつけたわね、二人のどちらがより不幸か分からないわ。モンリヴォーさんは今晩ここに来なかった、分かっていただけるかしら。（中略）わたしは最後の努力をしてみるわ。うまくいかなければ、わたし、修道院に入る！　あなたはどこへいらっしゃるの？」（前掲書・二八二）と告げ、最後の恋を失った者どうしの友情を結ぶのだ。そして結局、ランジェ公爵夫人は修道院に入り、修道女テレーズとなった公爵夫人のもとを、今度は、彼女の思いを遅れてようやく受け止めたモンリヴォーが探し当てる。そこにある修道院という壁を、モンリヴォーはどう乗り越えるのか、その顛末を恋の食い違いをふくめて詳しく語るのが『ランジェ公爵夫人』なのだが、バルザックは『ゴリオ爺さん』で、夫人が修道院に入る直前の瞬間を切り取ってみせたのだ。

ちなみに言い添えれば、舞踏会は大勢の人物が姿を見せる以上、「人物再登場」を実行するにはふさわしい機会と言えるのだろう。バルザックはこれを、やがて『浮かれ女盛衰記』の冒頭でも仮装舞踏会として用意するのだが、そこには『ゴリオ爺さん』のふたりの主要な人物が再登場で姿を見せることになる。そしてその一人が、これから検討するラスティニャックにほかならない。

それでは、後者の方法で再登場するラスティニャックを見てみよう。彼が『ゴリオ爺さん』で最初にあたえられた名前は、ラスティニャックではない。当初は、ウージェーヌ・ド・マシヤック Massiac という名前が考えられていた。クラシック・ガルニエ版の巻末の名前の異同をめぐる注記には、草稿の一部が写真版で示されていて、そこに「この一節をみれば、『ゴリオ爺さん』の若き主人公はもともとラスティニャックではなく、彼がラスティニャックにばったり出会うことさえ分かる」（同書・三五二）と記されている。なんと『ゴリオ爺さん』の草稿では、「若き主人公」はラスティニャックにばったり出会いさえする。マシヤックとは別人のラスティニャックがいたのだ。やがて「若き主人公」にラスティニャックの名前が付与され、その名前とともに、その別人じたいが「若き主人公」に接ぎ木される。

ちなみに、ラスティニャック Rastignac という名前がはじめて『ゴリオ爺さん』の草稿に記されるのは、小説がはじまって四分の一ほど進んだ個所で、場面でいえば、ボーセアン夫人のもとをランジェ公爵夫人が訪ね、その愛人のアジュダ・パント侯爵の婚約をやんわりと夫人に知らせてその反応をうかがうところである。ランジェ公爵夫人の底意地の悪い嫌味な面が発揮される場面だが（それゆえ舞踏会の最後に仲直りをする意味が生じる）、社交界のつばぜり合いにまったく無頓着な居合わせた青年（これが「若き主人公」である）は、二人の夫人の挨拶を見ただけで、「仲良しなんだ」（前掲書・八五）

と勘違いしてしまう。そのページで、はじめてラスティニャックの名前が刻まれ、「若き主人公」に与えられるのだ。クラシック・ガルニエ版の巻末のヴァリアントの注によれば、バルザックは「いったんウージェーヌ・ド・マシヤックと書いてから削除線を引き」(前掲書・三八九)、ラスティニャックと書きこんだとある。小説を書き進めるバルザックの筆は、この瞬間、二人の男を接ぎ木して一人の登場人物を創造したのである。

では、この名前を初めてバルザックが思いついたのはいつか、というと、一八三一年に書かれた『あら皮』に、小説家は主人公ラファエルの友人としてラスティニャックという一人の男を登場させている。『ゴリオ爺さん』の書かれる四年も前から、ラスティニャックは別の人物として『あら皮』に存在していた。その「第二部」で過去への遡行というかたちで語られるのだが、ラファエルは〈あら皮〉を持つにいたる前にラスティニャックに出会っている。それは一八二九年末のことだ。『ゴリオ爺さん』で名前を接ぎ木されて誕生したラスティニャックがボーセアン夫人の舞踏会に顔を出すのは一八一九年だから、『あら皮』のラスティニャックがラファエルに出会ったのは、この舞踏会の十年後ということになる。『あら皮』で、ラスティニャックはラファエルを勉学に明け暮れる貧苦の生活から引きはがす。そんな生活をしていたら、いつかは「施療院」の世話になり、ついには「貧乏人たちの入る墓穴に投げ込まれる」(X・一四四)と「ガスコーニュ訛りの声」(同)でまくしたて、ラファエルをパリの社交界に導き入れ、話題の中心だったフェドラ伯爵夫人に引き合わせる。そこでラファエルは冷徹な女フェドラに恋をし、しかし愛人としては拒まれ、生きることにも疲れ切る。そうして最後の金貨を賭博で失い、死を覚悟して、セーヌ川に身を投げる夜を待つための時間つぶしに骨董店に入ったのだ。

これは、すでにわれわれの知っている『あら皮』冒頭のラファエルの姿だが、「人物再登場」の方法でつながった『人間喜劇』の虚構世界の時系列で見れば、そのときすでにラファエルはラスティニャックに出会っていたことになる。『あら皮』のラスティニャックは、社交界をうまく泳ぎながら、結果的にラファエルを破滅へと追いやる陽気な南仏出身の男として描かれていて、『ゴリオ爺さん』で見せたような初心で誠実な青年ではない。『人間喜劇』になったことで、登場人物はこのように、小説と小説のあいだで、つまり物語として書かれていないあいだで成長や変化を遂げることができる。そこが「人物再登場」と『人間喜劇』の画期的な発明と言えるだろう。『ゴリオ爺さん』で、マシヤックの名前をラスティニャックに変えたとたん、別々の二人の人物から一人の人物が誕生しただけでなく、その二人のあいだに書かれていない生成変化が生じ、そこから新たな物語さえ生まれることになる。

悪魔契約と物語の自己増殖

そして、〈あら皮〉の授受をめぐって悪魔契約を結んだラファエルと同じく、このラスティニャックも『ゴリオ爺さん』で一種の悪魔契約を提示される。虚構世界の時間軸では、こちらの方が先に起きている。『ゴリオ爺さん』以降の主要な小説で活躍することになるヴォートランという得体の知れない男が、同じ下宿に住んでいて、ラスティニャックの、野望とはかけ離れた貧乏ぶりに目をとめ、一つの提案をする。それがまぎれもない悪魔契約であり、こんなふうに切り出される。

「ひと言でいえば、もしこのおれが君のために百万フランの持参金を手に入れてやったら、そのうちの二十万フランをくれるかね?」（前掲書・一二六）

この百万フランはリアルなものとしてあるわけではない。これからヴォートランがラスティニャックのために作ってやろうというのだ。どのようにしてかといえば、同じ下宿で不遇をかこっているヴィクトリーヌ・ターユフェール嬢がラスティニャックに恋をしていると見抜いたヴォートランは、犯罪者の情報網を通じてだろう、彼女の父親が財産家で、そのただひとりの相続人に指定されているのは彼女の兄であることまで知っていて、ラスティニャックに提案する。彼女の兄がこの世からいなくなれば、父親は娘をこんな下宿にほったらかしにせず、手元に引き取り、やがて財産を相続させるだろう。そうしてヴィクトリーヌの気持を受け止めてやり、彼女と結婚すれば、やがて野望を遂げるのに必要な持参金百万フランが手に入る。そうヴォートランはラスティニャックに持ちかけ、合法的に兄を殺す手はずさえほのめかす。そうした企ての、いわば成功報酬としてヴォートランは二十万フランの金を要求するのだ。そしてヴォートランが「このおれが神の摂理 Providence の役を引き受けるよ、神さまだってそう望むようにしてみせるさ」（前掲書・一三〇）と言い切るとき、この神にもなり代わるというセリフじたいが、この申し出に悪魔契約の様相をまとわせる。だいいち、ラスチニャック自身、悪魔にささやかれたように恐れるではないか。しかも神の名を騙れるのは悪魔と相場が決まっていて、こうして「不死身の男」とあだ名を持つヴォートランは限りなく悪魔に近づくのだ。

もう一つ見逃せないのは、悪魔契約で話題になるヴィクトリーヌ・ターユフェール嬢である。そのせいで、彼女は脇役ながら重要な役割を果たす。「人物再登場」の視点からいえば、ヴィクトリーヌ・ターユフェールをめぐる名前の変更は、むしろ『ゴリオ爺さん』からそれまでに書かれた他の小説にまで波及する。ラスティニャックの名前が『あら皮』から『ゴリオ爺さん』に移入したのとは逆に、ターユフェールの名前は『ゴリオ爺さん』から『あら皮』（一八三一）へ、そして『赤い宿屋』（一八三二）（ただし初出の雑誌発表は一八三一年）へと波及する。順を追って説明すれば、『赤い宿屋』こそ、ヴィクトリーヌ嬢の父親がどうして財産家になったかを語る小説なのだ。財産を持つに至ったのは、「赤い宿屋」で金と宝石を持った同宿の商人を夜間に殺害して逃げたからだが、小説家はそこにその場面と同じ夢を見た別の男を、犯人として逮捕させ、処刑させる。そのことじたい冤罪であり、一種の夢と現が交錯する不思議な物語になっている。そのとき、『赤い宿屋』では、その逃げた真犯人には別の名前モリセー Mauricey が与えられていた。それをバルザックは、ヴィクトリーヌ・ターユフェールにちなむ百万フランの持参金につなげ、金の出処《でどころ》を『赤い宿屋』での殺人事件にすることを思いつく。そうして殺人と引き換えに商人の金銭を強奪したモリセーの名を、小説家はターユフェールに変える。その名前の変更が具体的になされるのは、一八三七年に刊行されたヴェルデ版の『赤い宿屋』からだ。そしてそのとき、娘の名前もまたジョゼフィーヌからヴィクトリーヌに変更される。

しかしながら、単にモリセーの名をターユフェールに変えても、問題が残る。『赤い宿屋』が刊行されたのが一八三一年で、そのときその冒頭には、「一八三〇年の末ごろ」とはっきり虚構世界の時間が刻まれていた。その三年後に刊行された『ゴリオ爺さん』は一八一九年の物語だから、これではヴィクトリーヌ嬢の持参金の根拠がなくなり、物語のつじつまが合わなくなる。一八一九年の段階では、まだモリセーによる殺害と金の強奪は起きていないからだ。これでは名前を変えて同じ人物に仕立てても、物語じたいの整合性が破綻してしまう。そこでバルザックは一八四六年刊行のフュルヌ版『赤い宿屋』で、その冒頭を、「何年ごろの話かわからないが」と変え、作品と作品のつながりを整え、『人間喜劇』というネットワーク網を綻びのないものにしていく。その意味で、「人物再登場」の方法は、単に人物をつなぐ方法ではなく、小説そのものに交通を促し、それに伴う虚構世界の自己増殖（訂正と加筆をともなう場合もあれば、ともなわない場合もある）を推進するテクスト構築にかかわる方法でもあるということだ。

これにより『人間喜劇』の読者には、ヴォートランが「若き主人公」に持ちかける百万フランが血塗られた金であることまでが伝わり、しかもその悪魔契約ぶりも際立つのだが、バルザックはさらにこの金を別の男に結びつける。それが『あら皮』で、新たな新聞を創立する「引退した銀行家」（X・九二）であり、ラファエルたちを饗宴（それは一八三〇年十月末である）に招いた男である。その男には、まだ名前が与えられていなかった。単なる元銀行家で、新たな新聞を創刊しようというのだから、一種の篤志家のうちに入るかもしれない。その、財産はあっても名前のない男に、『人間喜劇』のネットワーク化を推進するバルザックは、一八三八年のデロワ・エ・ルクー版『あら皮』で名前を付与する。それがターユフェールであり、そのとき、新聞を刊行しようという篤志家の財産までが血塗られた金へと汚染されてしまうのだ。

こうして『あら皮』は、ラスティニャックとターユフェールの名前によって二重に『ゴリオ爺さん』と結びついている。ラスティニャックの名前が『あら皮』から『ゴリオ爺さん』に移入したとすれば、ターユフェールの名前は逆に『ゴリオ爺さん』から『赤い宿屋』を経て『あら皮』に移入する。その間に、それぞれ三人の別人（ジョゼフィーヌ・ターユフェールの父親、モリセー、新聞を創刊する元銀行家）も最終的には一人の人物に像を結ぶ。つまりは、財産を与えるつもりのない娘を持ち、殺人と引き換えに原資をつくって銀行家として成功し、新たな新聞さえ創刊しようという男の姿ができあがるのだ。こうした「人物再登場」にかかわる名前の交通（変更と移入）から見えてくるのは、『あら皮』を『人間喜劇』の主要領域である「風俗研究」のさらにまた中心に布置される『ゴリオ爺さん』に結びつけようとする、小説家の並々ならぬ配慮である。それは同時に、一八四二年に刊行のはじまる『人間喜劇』という大きな小説のネットワークに向けた動きにもつながっていくのだが、そうした動きを促すだけの生成力が「人物再登場」にはあるということだ。言い換えれば、そうした生成力を、バルザックはすべての動物を生み出す「構成の単一性」の原理のうちにも見抜いていたということになる。

そしてこのとき、わたしにはキュヴィエからジョフロワ・サン＝ティレールに関心を移動させた小説家の思いが理解できたように思った。第二章の冒頭で、キュヴィエに対する小説家の「温度差」に言及してから、疑問に思っていたのだ。さっそく、キュヴィエにちなんで参照した小説を思い浮かべ、発表された時期を確認した。『毬打つ猫の店』（一八三〇）、『あら皮』（一八三一）、『絶対の探究』（一八三四）、『禁治産』（一八三六）、『無神論者のミサ』（一八三七・初出一八三六）となっていて、これ以外にもキュヴィエの名が記される小説はあるものの、その仕事が分かるようなかたちで記される小説はことごとく、『人間喜劇』のかたちが見える前に書かれている。バルザックはキュヴィエを否定したのではない。ただ、ジョフロワの「構成の単一性」に潜む生成力に惹かれ、それを自らの「哲学的」体系や「人物再登場」に生かす過程で興味の対象が移行したのだ。『あら皮』と「総序」でわたしがキュヴィエに対する「温度差」のようなものを感じたのは、そのせいだろう。バルザックのアナロジー志向を考えるとき、キュヴィエの用いた推論的発想は無視できない。同じく、その建築への意志を考えるとき、ジョフロワの原理に潜む生成力もまた捨象できない。その両者から、小説家はそのとき自らに必要な糧を得ていて、それが小説を書き進めていくなかで、関心の移行というかたちになって現れたのだと賦に落ちたのだった。

呪物　交通を阻害する特異点

これまで「人物再登場」が、バルザックにとって虚構世界を生み出していく上で、動物を繁茂させる原理である「構成の単一性」の役割を果たしていると指摘し、この動物学者への献辞の場所と時期を考えれば、そのことを小説家自身も自覚していたのではないか、と論じてきた。そのとき注目したのは、「人物再登場」の持つ生成力である。極論すれば、『人間喜劇』じたい「人物再登場」の導入によって促され、生み出されたと言える。そうした生成する力を具体的に支えているのが、登場人物が複数の物語世界と交通するという構造である。同じことを、「こうした「人物再登場」にかかわる名前の交通（変更と移入）から見えてくるのは、『あら皮』を『人間喜劇』の主要領域である「風俗研究」のさらにまた中心に布置される『ゴリオ爺さん』に結びつけようとする、小説家の並々ならぬ配慮である」というかたちで指摘もした。『人間喜劇』へと動き出す第一歩が、『あら皮』を『ゴリオ爺さん』につなぐラスティニャックの動きにあると考えるからだ。ところが、よく考えてみると、話はそんなに単純ではないかもしれない。

たしかに『あら皮』を『ゴリオ爺さん』に結びつけようとする意志はバルザックに見てとれる。そこには、「総序」ではっきりと語られるように、「哲学的研究」を「風俗研究」に結びつけようとするこの小説家の意図が底流している。そしてそのことを指して、ミシェル・ビュトールは『あら皮』が「魔法のリング」だと言ったのだ。だが、その反面、『あら皮』にはそうした交通を阻む要素も刻まれている。話がそんなに単純ではないのは、『あら皮』に、この交通を妨げる要素があって、それがラスティニャックという名前の促す交通とは逆向きに力を発揮するからである。

わたしはさらなる思いにとらえられる。小説家はさらに逆に、この交通を阻害する側面があることを知り抜いているからこそ、ラスティニャックの動きによって『あら皮』を「風俗研究」の礎とも言うべき『ゴリオ爺さん』に接続したのではないか。交通を阻害する要素の周囲で交通を促進すれば、その要素じたい目立たなくなる。そんな思いにとらえられたのも、ラスティニャックによって動きだした交通が、そうした要素から放たれるものとは真逆の方向に『人間喜劇』を導いたからである。そうした要素から放たれるものが曖昧であれば、本書の巻頭で紹介したマックス・ミルネールの『フランス文学における悪魔』の言葉を借りて、「幻想的な素材」（前掲書・一三）と言い換えてもよい。言うまでもなく、この「幻想的な素材」の促すのと「真逆の方向」とは、同じくミルネールの言葉を借りれば、「ますます現実に接近する」方向にほかならない。

そしてわたしが「人物再登場」の促す交通を阻害する最大の要素と考える「幻想的な素材」とは、まぎれもなく「サタンの発揮する力という神話」（同）を宿した呪物にほかならない。所有者の命と引き換えにその願望を実現する〈あら皮〉である。そこには「神」の名を騙る悪魔＝サタンの契約の言葉が記されていたではないか。この〈あら皮〉から放たれる幻想性は、「人物再登場」の促す交通が「現実に接近する」方向に進めば進むほど、『人間喜劇』のネットワークから取り残されてしまい、ついにはその周囲に、この呪物とはつながりようのない虚構世界が立ち上がってしまうのだ。〈あら皮〉は主人公ラファエルの命を消尽しつくすことで自らも縮み、最終的には物語世界のなかから消えてしまうのだが、そうして『人間喜劇』からも消えてくれたことを、だれもがそっとしておこうとしているみたいに見えるのだ。いくら物語内容の領域で消滅したとしても、〈あら皮〉じたい、切りそこなったへその緒のように、あるいはのどにつかえた小骨のように『人間喜劇』に残りつづけるだろう。
「人物再登場」は思ってもみないかたちで、自らの抱える交通の力がはたらく方向とは真逆の、交通を阻むものに遭遇しているのである。そしておそらく、小説家自身もまた「人物再登場」によって自ら構築した虚構世界が「ますます現実に接近」していくとき、しまいには消滅するとはいえ、『あら皮』に刻んだこの呪物から放たれる幻想性が『人間喜劇』において一種の異物に見えていたのではないか。そのことがバルザックに見えていなかったとは、どうにも考えられないのである。

引用

（1）『バルザック　その人生と作品』Laure Surville, *Balzac, Sa vie et ses oeuvres,* Jaccottet Bourdilliat, 1858, p95-6.

Ⅲ

第七章　見えないテクスト

とつぜん、どこにもない風景が

『人間喜劇』の抱える交通と障害を思い浮かべているうち、とつぜん、わたしは奇妙な感覚に襲われた。一つの風景が脳裏をかすめたのだ。小説を読んでいると、ときに起る感覚で、ゲシュタルト崩壊とは逆の現象といえばよいだろうか。見ていた全体が勝手に切り離されて別のものに認識されてしまうゲシュタルト崩壊とは逆に、まったく別々のはずのものが理由もなく重なって、新たな風景をつくってしまう。それが小説の読みに新たなパースペクティブを開いてくれることもあるので、わたしはひそかに大事にしている。そして今回、わたしには、一瞬、別々のはずの主人公が重なって見えてしまったのだ。異なる小説で別々に行動をしているのに、まるで同じ人物が違う小説に「人物再登場」を果たしたかのように、似た行動を繰り返している。

具体的にいえば、とつぜん、『あら皮』の主人公ラファエルが『幻滅』にも登場したように感じたのだ。もちろん、『幻滅』に登場するのはリュシアンだが、ラファエルがそう名乗って『あら皮』と同じ振る舞いをしているように思いなされた。錯覚に気づいて、そう見えたきっかけは何なのだろうと問いつづけても、結局、この二人は同じような振る舞いをしているからか、くらいしか思いつかない。そしてわたしはとんでもない妄想にとらえられた。『あら皮』のラファエルが死なずに『幻滅』のリュシアンとして『人間喜劇』のなかを動いたとしたら、いったいどのような物語世界が展開していただろう。そんな妄想に誘われるほど、リュシアンの振る舞いはラファエルをなぞっている。ともにパリで食いつめ、一文無しになって自殺を思い浮かべる。わたしは自分に見えた風景の意味を探るべく、その似ていると感じた二人を取り巻くテクストを丹念に読んでみたくなったのである。テクストの細部から、その意味を考えるのがわたしのなじんだ小説への向き合い方だから。

テクスト同調　自殺の延期

『あら皮』の主人公ラファエルと『幻滅』の主人公リュシアンの動きを追ってみよう。二人がパリで一文なしになったあたりから、その行動は軌を一にしはじめるように思われる。有り金を失った結果、ラファエルもリュシアンも自らの命を絶つ決心をする。バルザックは主人公たちを死に直面させるのだが、そのとき起るのは、ふたりの行動の同調だけではない。それを描く言葉じたいにも同調が生じているのだ。ちなみに、そうした言葉で織られた生地（テクスチャー）を意識するとき、われわれはこれをテクストと呼ぶが、その意味で、小説は物語（登場人物の行動と出来事の総体）とテクスト（言葉でできた素材）からなる二重の織物と考えることができる。

それで、主人公の自死という物語がテクストの動きを誘うのは、主人公が死んでしまっては物語どころか小説じたいまで終りかねないから、そうした動きに対し、テクストは少しでも主人公を死から遠ざけようとする。その結果、テクストは、主人公の死を語るのをできるかぎり延期しようと言葉を並べる。具体的にいえば、主人公の死とは無縁な自殺一般について蘊蓄を傾けること。その蘊蓄をめぐって、『あら皮』と『幻滅』は同じ動きを見せている。それを、言葉の同調ともテクスト同調とも呼ぶことができるが、『あら皮』では、最後のナポレオン金貨一枚を賭博で失ったラファエルが自殺するしかなくなり、死に向かいはじめたとたん、その歩みを遅らせるかのように、テクストは物語の筋の流れを離れて自殺をめぐる言説（それが蘊蓄である）を差し挟む。そして『幻滅』では、義弟に借金まで負わせた挙句に一文なしになったリュシアンが、すべてを清算するかのように自殺を決意したところで、その死を遅延させるべく物語の流れが中断され、自殺をめぐる言説が展開される。たとえ長くはなくても、この蘊蓄がつづくあいだ物語は自殺をむかえずに済む。主人公の死の可能性をまえに生じる自殺をめぐる言説の一致こそが、テクスト同調にほかならない。

まずは、ラファエルが自殺を決意したあとの『あら皮』の言説を見てみよう。

自殺には、なんだかわからないが、偉大で怖ろしいところがある。子供が低いところから落ちても怪我しないように、多くの人びとの場合、転落しても危険はない。だが偉大な人間となると、天にまでのぼりつめ、近づきがたい楽園を垣間見てから、ぐっと高いところから落下することになるだろうから、うち砕かれるのである。偉大な人間が自らにピストルの銃口をさしむけて魂の平和を求める場合、そのように強いるこころの嵐がそれだけはげしいからにちがいない。なんと多くの若い才能が、屋根裏部屋に閉じこめられ、大勢の人びとのなかにあってひとりの友もなく、慰めてくれる女性もなく、金にも飽きて、退屈した人びとを目の当たりにしながら、萎えて朽ち果てることだろう。そう考えれば、自殺は途方もない広がりをおびてくる。青年をパリに呼びまねいた豊かな希望の声と自殺とのあいだで、どれほどの着想と詩が放棄され、どれほどの絶望と叫びが押し殺され、どれほどの試みが無為に終わり、どれほどの傑作が死産をむかえ、それらがどれほどぶつかりあっていたかはだれも知らない。いかなる自殺も、憂愁をたたえた崇高な詩にほかならない。文学の大海原のどこに、「昨日の四時、デ・ザール橋からセーヌ川に若い女性の身投げあり」といった新聞の囲み記事と才知を競えるだけの本が、生き残っているだろうか。（X・六四）

自殺を決意した主人公がそのまま自殺におもむく、これが物語の流れである。一文なしになったラファエルはどのような自殺をむかえるのか、という読者の期待を、しかし差し挟まれた自殺をめぐる言説は引き延ばす。そのぶん、読者の期待は高まる。遅延のじらしによる物語のサスペンス（宙づり）効果である。この自殺をめぐる言説は、パリで死をえらばなければならない若者のいかに多いかを一般的な情報として差し出していて、その言説を読者が読む時間だけ、自殺場面はあとへと追いやられる。つまりそれは、小説を書く視点からみれば、テクスト構成上の意味と効果を持つのだ。物語の流れに対し、この言説は水準の異なる一種のメタ言説による短い脱線になっている。そしてこの自殺を遅らせる言説を『幻滅』もまた有していて、テクストは主人公リュシアンが自殺を決意した直後にそれを差し挟み、つかの間、物語の流れを中断して自殺の場面を遅延させている。

主題の重大さにひきかえ、自殺についてはほとんど書かれていないし、観察されてこなかった。おそらくこの病気は観察できないのだろう。自殺とは、自己の尊重とでも呼べるような感情の結果であって、この自己尊重を名誉と混同してはいけない。人間は、自分を軽蔑するとき、自分が軽蔑されるとき、人生の現実が自らの希望と一致しないとき、自殺を企て、そうやって社会に敬意を表するのだ。というのも、社会に対し、自分の美点も栄光もひきはがされた姿をさらしたままではいたくないからだ。(中略)自殺には三種類ある。まず、長わずらいの最後の発作にほかならない自殺があるが、これはたしかに病理学の領域に属するものだ。それから、絶望による自殺がある。そして最後に、理性による自殺がある。(中略)絶望と理性による自殺の場合、そこから抜け出ることができる。たいてい、この三つがそろっていて、ジャン＝ジャック・ルソーの場合がそうだ。

(V・六八八)

中略を二か所に入れて紹介したが、こうした自殺をめぐって小説家が差し挟む蘊蓄《うんちく》は、物語の流れじたいには直接関係ない。蘊蓄の中身じたい、もっともらしいことを語ってはいても、そこに筋を左右させるほどの物語的な力はない。要は、たとえ短くとも、蘊蓄がつづくあいだ、自殺の場面を先へと引き延ばせることだ。小説家にとって、この蘊蓄はテクスト構成的に意味がある。先ほど指摘したように、先送りするだけ、自殺に対するサスペンス効果が高まり、そのあいだに別の物語的な契機や新たな出来事を主人公に用意することもできる。なにしろ主人公を自殺させてしまえば、物語がそこでつんでしまうからだ。そうした物語の調整弁として、自殺をめぐる言説は機能している。この言説が、『あら皮』においても、『幻滅』においても、主人公が自殺を決意した直後に差し出されていて、その類似性に気づくことがテクスト同調の認知につながる。そして、自殺をめぐる言説はじかには物語の流れにはかかわらない。にもかかわらず、そこに刻まれてしまう。そうした物語とは無縁に言葉として記されるものに視線をとどけること。それがテクストを読むということなのだ。そして言い添えれば、こうして刻まれる物語の流れとは無縁な言葉は多様な表情を見せる。

シグナルの共有

いましがた、じかには物語の流れに与しないのにそこに刻まれる言葉の表情が類似するとき、テクスト同調が生じる、と説明した。その表情という言い方が曖昧であれば、いっそ、そうした言葉の類似性じたいを指して符丁とかシグナルが共有されている、と言ったほうがよいかもしれない。シグナルとか符丁じたいは、与えられた言葉（それを物語を運ぶ言葉と言ったのだ）が持つ意味とは別に、テクストを読む者が読み取ったもの（それを言葉の表情と言ったりした）だが、そこには一つの特徴がある。シグナルは、単独では生じない。別のテクスト（同じテクストであれば、異なるページ）とのあいだに同調を見抜くとき、可視になるからである。逆にいえば、テクストを読むとは、書かれた言葉の並びを通してそうしたシグナルを読み取ることだと言い換えてもよい。

だからシグナルに気づくには、ある種の視線の強度が必要となる。視線にそうした強度がなければ、シグナルを察知することはできないし、テクストからは相変わらず書かれている通りの意味しか差し出されてこない。どんなに興味深い物語を展開していても、シグナルの発生しないテクストは平板というほかない。そして、二つの自殺をめぐる言説のあいだに、物語の遅延効果を読み取った視線は、さらにその近傍にもシグナルが生じているのではないかと考える。シグナルは単独のまま孤立してあることを好まず、いわば意味の磁場のようにネットワークを広げていく趨勢があるからで、そのように織り広げられたシグナルの網目をテクスチャー＝生地と呼んだではないか。それはいつでもだれにでも見えているものではない。シグナルを読み取ることでしか見えてこない、不可視のテクストなのである。

水への接近　一張羅を着る

では、いったい、自殺をめぐる言説の近傍でどのようなテクスト同調が生じ、シグナルを交わしているのか。それは、それぞれの物語が差し出す同じ一つの身振りとして共有されている。水へと近づくこと。二つの自殺をめぐる言説に隣接して育まれるシグナルは、どちらのテクストも一様に水への接近というかたちをとっている。『あら皮』のラファエルは、最後の運を試すように所持金のすべて（一枚のナポレオン金貨）を賭博につかい、それを失い、気がつけば、セーヌ川へと足を向ける。「自殺という重苦しい思いに押しつぶされ、なおもあらがうかのように、青年はやがて生命の痙攣におそわれ、天をあおいだ。そこは灰色の雲に覆われ、悲しみをおびた風がそよぎ、重い空気がはりつめていて、相変わらず青年に自殺をすすめていた。ラファエルはロワイヤル橋のほうへ向かいながら、自分よりさきに自殺した人たちの最後の気まぐれに思いを馳せた」（X・六五）と記されているではないか。ロワイヤル橋とは、言うまでもなく、セーヌ川にかかる橋である。そして「その橋のアーチのてっぺんにやってくると、ラファエルは陰鬱な様子で水を見つめる」（X・六五）。

そして『幻滅』のテクストもまた、自殺をめぐる言説の近傍で、水への接近という仕草を主人公にとらせている。リュシアンは、パリで食いつめた末に苦し紛れに偽手形を書いて義弟を窮地に追い込み、そのせいで妹一家を破産させてしまう。そのことを知ったリュシアンは、「そうなんだ、ぼくはきっぱりと決心した。愛しいエーヴ（妹の名）、だから永遠にお別れだ。（中略）ぼくはきみたちの心のなかでしかもう生きやしない。そこがぼくの墓となるのだ」（V・六八七）という短い遺書のような別れの手紙を残し、部屋を出る。そしてそのあとに、ここでもまた「ボーリューの散歩道を通ってシャラント川のほうへ下っていった」（V・六八八）とあるように、リュシアンは水へと接近する。自殺の方法なら、いくらでもある。首をつってもいいし、服毒してもいい。だがラファエルもリュシアンもともに水辺へと近づき、入水という自殺方法を選ぶのだ。そして、自殺をめぐる言説に隣接してリュシアンが水への接近をはたすとき、その連繫は『あら皮』の自殺をめぐる言説の近傍で形成される連繫とのあいだに同調を維持する。このテクスト同調が、二つのテクストのあいだにシグナルで編まれた見えないテクストを織り進める。

ふたつのテクストを読むと、シグナルがさらに自らのテクスチャーを編み広げていく。水へと近づく男たちが同じような衣服に身を包んでいるからだ。自殺は何を着ていてもできるはずである。しかしラファエルもリュシアンも正装に身を包み、水へと接近する。古い言葉でいえば、一張羅《いっちょうら》をまとうこと。一文なしになったのに、男たちは正装に身を包む。賭博をする必要があったからか、ラファエルは自殺への思いとともにロワイヤル橋の中央でセーヌの水面に見入るとき、「燕尾服」を着ている。それは「橋の欄干に身を寄せて市場の荷担ぎ人足をやりすごしたとき、その男が燕尾服のそでを少し白くよごした」というかたちで言葉にされるのだが、ラファエルはきちっとした服装に身を包んでいたのだ。そのあとセーヌ川に身を投げることになれば、「燕尾服」はそのまま死に装束になる。賭博場に入るときとは「燕尾服」の意味が違っている。その差異は水へと接近したラファエルがそれまでとは異なる意味の磁場に身を置いていることを示唆していて、その意味の磁場は、シグナルの連繫によって編まれる見えないテクストから生じるものだ。死に装束とは新たに付与された意味であり、それが新たなシグナルとなる。そしてシャラント川へ下りていく『幻滅』のリュシアンもまた、「まるで祝宴にでもでかけるようないでたちで、それはダンディ風のよそ行きで、パリで仕立てた素敵な服だが、それを死に装束にしていた」(V・六八八)と描かれているではないか。そこには「死に装束」という言葉さえ見える。小説家には、自殺を決めて水に接近する男の身に着ける「パリで仕立てた素敵な服」のまとう新たな意味が見えていたのだ。一張羅が「死に装束」になることで、水への接近というシグナルがさらに連繋され、テクスチャーを編み広げる。繰り返すが、それはシグナルの共有によって編まれる見えないテクストにほかならない。

ナルシスの想像的視線

ところで、二つのテクスト間に形成される同調はこれで終わりではない。わたしはいささかその成り行きに驚いている。一張羅に身を包み、水に近づいた主人公たちは、そこでまた同じ態度を示すからだ。その同じ態度がシグナルを形成する。水をまえに、ためらうこと。ためらうことじたいなら、人はどんな状況でもできる。でも自殺を決めたあとで、一張羅を着て水に近づいたふたりの男がともに同じようなためらい方を示せば、それは自殺の遅延行為であることを超えてシグナルを共有し、その連繋によって新たな意味の磁場が広がる。ふたりの男のためらい方に共有されるのは、いったい何なのか。シグナルを共有するのは、ためらいを示す同じ視線、あえていえばナルシス的視線にほかならない。ラファエルとリュシアンはまるで互いの身振りをなぞるかのように、水をまえにしてナルシス的視線により自殺をためらうのだ。

言うまでもなく、ナルシス的視線とは、ナルシスが泉の水面に映った自己の姿を見つめる視線であり、そのときに抱く思いが自己愛的であることは知られている。当然、ラファエルとリュシアンが水を見るとき、あるいは水をありありと思い浮かべるとき、その視線と思いはまぎれもなくナルシス的であり、自己愛的である。自殺をまえに、その自己愛的視線によって水面に浮かぶ自己像をおぞましく思い描くこと。自身の死体を水の上に想像することじたい、そもそもナルシス的なのだが、それは言葉の本質的な意味で想像的な視線といえる。そう、想像的な視線とは、ないもの（イメージ）を見る視線にほかならない。そしてこの想像的な視線の共有により、テクスト同調は維持され、シグナルのネットワークがさらに育まれていく。ラファエルもリュシアンも、泉をのぞくナルシスの身振りを真似ることでシグナルを共有する。

この自殺をためらう場面を、『あら皮』から見てみよう。ロワイヤル橋の上で、ぼろをまとった老婆に「身投げをするには、悪い天気だね」、「セーヌ川ときたら、なんて汚なくて冷たいんだろうね！」（X・六五）と言われた拍子に、ラファエルは「とつぜん、遠くに、チュイルリー公園の船着き場の小屋に掲示版がかかげられているのが目に入り、身震い」する。その掲示板には「水難者救援所」と書かれていて、それから水難者が水から引き上げられる模様がよみがえってくるのだ。ナルシス的視線が注がれるのはその光景に対してである。

青年の心に浮かんだのは、ダシュウ氏〔水難者救助の視察官〕が博愛精神を身にまとい、仁徳のオールを呼び覚ましては動かして、運わるく浮かびあがってきた溺死者の頭をたたき砕くさまだった。青年に見えたのは、ダシュウ氏がやじ馬連中をたきつけ、医者を呼びにやらせ、燻蒸消毒のしたくをする姿だった。新聞記者どもが饗宴の楽しみや踊り子のほほえみに囲まれて書く苦情の記事も、目にできるようだった。彼の身をひろいあげた船頭たちにセーヌ県知事が支払う銀貨の音まで聞こえるようだった。死ねば、自分も五十フランの値になるが、生きていても、保護者もなく、友人もなく、寝床もたたく太鼓もない、まさしく社会的にゼロの人間にすぎなかった。（中略）まさに日のあるうちに死ぬのはおぞましく思われ、自分の人生の偉大さを認めてくれない「社会」に対し身元の分からない死体を引き渡すべく、青年は夜になってから自殺する決心をした。

（X・六五―六六）

「水難者救援所」の掲示を見たラファエルの脳裡には、これまで目にしてきたのであろう、溺死者の救助のありさまが思い浮かぶ。救助する人間はオールを動かしては「運わるく浮かびあがってきた溺死者たちの頭をたたき砕く」。そののち、引き上げられた死体は「燻蒸消毒」され、ラファエルには、新聞記者たちが饗宴の片手間にどういうことを書くかさえ目に浮かぶほどで、死体を引き上げた船頭たちに県知事が支払う銀貨の音まで聞こえてくるようだ。「死ねば、自分も五十フランの値になるが、生きていても、保護者もなく、友人もなく、寝床もたたく太鼓もない、まさしく社会的にゼロの人間にすぎない」という思いさえ抱く。注目すべきは、そのとき溺死者になっている自分を見るラファエルの視線が想像的であることだ。水につかる死んだ自分を見る視線は、否応なくナルシス的にならざるを得ない。その想像的視線が、自らの死体に対するおぞましい扱いを忌避する。つまり、自分の死体が「運わるく浮かびあがってきたとき」の、周囲に集まった連中の前での医者や警察による検査や身元調査、さらには新聞記者が気楽に書く死者のことを顧慮しない記事などへの「おぞまし」さ（X・六六）にほかならない。そしてこの視線を支えているのが、主人公の自己愛的な自尊心であることは言うまでもない。社会的にはゼロの青年にも（いや、そうだからこそ）、自己愛と自尊心はあって、それが自殺を夜まで遅らせようと翻意を促すのだ。

そしてこのくだりには、自尊心にとって無視できない記述がなされている。「「社会」に対し身元の分からない死体を引き渡すべく」と訳した個所がそうで、ここで注目すべきは、「死体」cadavre が「身元の分からない」indéchiffrable と形容されていることだ。もともとは「判読できない、見抜けない、不可解な」という意味の形容詞だが、「死体」を形容するとき、それは「身元が分からない」の意になる。水につかった自分の死体にナルシス的視線をそそぐとき、それが「おぞまし」く見えるのは、主人公に、いわば死後の自分に対する自己愛と自尊心があるからだ。だからこそ日中に死ぬことはなんとしても避けたい、夜に自殺することで、発見時間を遅らせ、自らを indéchiffrable な（判別できない・身元の分からない）死体にする必要がある。その死体がだれであるか分からなくなれば、自己愛じたいも自尊心じたいもその対象を失うからだ。夜に自殺をすると、どれほど「身元が分からない」状態にまで溺死体が変形するかは分からないが、少なくとも、日中に自殺をすれば、すぐさま引き上げられるから、さほどの変形はこうむらないだろう。だから身元が判明しうるのだが、要は、死体になった自分のアイデンティティ（自己同一性）にまでこだわるところに、死後までをも貫くラファエルのナルシス的視線と自己愛の強さが認められるのである。

では、リュシアンはどのように水をまえにためらうのか。この青年はボーリューの坂道をシャラント川へと降り、自殺の局面へと押しだされていくが、そこでまた、いま見たばかりのラファエルの身振りをそっくりなぞっている。

リュシアンはひとたび決心をすると、自殺の方法をどうするかと思い悩み、詩人なのだから詩的に最期をむかえたいと思った。まず思ったのは、あっさりとシャラント川に身を投げようということだった。だが、ボーリューの坂道をこれが最後と下っていくうち、自分の自殺が引き起こす騒ぎが前もって聞こえてきた。川面に浮いた自分の死体のおぞましい光景が見えたのだ。変わり果てた死体は、警察の取り調べの対象物となる。ある種の自殺者がそうであるように、リュシアンも死後の自分への自己愛を抱いたのだ。クルトワの水車小屋で一日を過ごしたとき、川べりを散歩していて気づいたのだ。水車小屋から遠くないところで、水面が丸く広がっていた。ちょっとした水の流れによくあるのだが、水面の静まり具合から見て、そこがひどく深くなっていることがありありと分かった。その水の色ももはや緑ではなく、青でもなく、澄んでもいないし、黄色でもない。まるで磨き上げられたはがねの鏡のようだった。（中略）水をなみなみとたたえた深い淵になっていることが容易に見て取れた。ポケットに小石を詰め込むだけの勇気がある人間なら、間違いなくそこで死ぬことができるだろう。それに、死体も決して見つからないだろう。詩人は小ぎれいな景色に見とれながら、「これは溺れ死にたい人間には垂涎の場所だな」と、思ったことがあったのだ。

ルモーに着いたとき、この思い出がリュシアンによみがえった。だからそこでリュシアンはマルサックの方へと歩きだしたのだが、これが最後という陰気な思いに襲われ、こうやって死ぬという秘密をしっかり隠し通そう、取り調べの対象になるのも、埋葬されるのも、水面に浮かんだ溺死体をおぞましい状態で人目にさらすのもまっぴらだと固く心に誓ったのだった。（Ｖ・六八八―九）

シャラント川に身を投げようと思ったリュシアンには、前もって「川面に浮いた自分の死体のおぞましい光景」を見てしまい、その自殺が引き起こす騒ぎを聞いてしまう。この、まだ起こっていない自分の自殺にちなむ音や光景への過敏な反応がいかに想像的であるかはいうまでもない。そこに、ナルシス的自己愛が浸透しているのだ。ラファエルもまた同じように、見てはいない光景を想像的に見ていたし、聞こえていないはずの「セーヌ県知事が支払う銀貨の音」を聞き取るようだったと描かれていたではないか。そしてリュシアンには、「川面に浮かぶ自分の死体のおぞましい光景が目に」浮かび、その「変わり果てた死体」が「警察の取り調べの対象物となる」ことを考えると、「死後の自分への自己愛」がはたらき、シャラント川での自殺を忌避することに思い至る。そもそも「詩人なのだから詩的に最期をむかえたい」という思いじたいに、色濃くナルシスの影が落ちているが、それにしても、警察の取り調べを拒むリュシアンの傾きは、引き上げられた自分の死体を取り囲む物見高い連中に見られながらの、医者や警察が行なう検査や身元調査を忌避するラファエルとまったく同じではないか。二人には、死後の自分にまで及ぶナルシス的自尊心＝自己愛があるのだ。この自己愛が、ラファエルを夜の身投げへと翻意させ、リュシアンにおいては、シャラント川での自殺を忌避させる。そうして、かつて散歩した水車小屋近くの「水をなみなみとたたえた深い淵」での自殺を思いつかせる。「深い淵」になっているせいで「死体も決して見つからない」から、結果としてリュシアンは、おぞましい死体になった自分を人目にさらさずに済み、ナルシス的自己愛を傷つけずに済む。この、死後までをも貫くナルシス的視線と自己愛がまさに二人の主人公に共有されるシグナルを形成し、二つの小説のあいだにシグナルで編まれた見えないテクストを織り広げる。

時間をつぶすこと

二つの異なるテクストのあいだでこれほどのシグナルの共有がつづくことに、わたしは驚きを通り越して困惑を感じはじめている。このままシグナルが編み広げられていくのだろうか。そして、テクスト同調の連繫は何をもたらすのか。わたしはこれまでの流れをふりかえった。少なくとも物語内容的にたどれば、二人はそれぞれに自殺を決意し、その自殺を延期しただけである。そしてすでに見たように、『あら皮』においては、その延期を利用するかのように、ラファエルはヴォルテール河岸にある骨董店に夜までの時間つぶしにぶらりと入る。そのあとの展開はすでにつぶさに見たとおりだが、ではいったい『幻滅』のリュシアンはどうするのか。シグナルの共有は維持されるのか。リュシアンは自殺しても死体のあがらない「深い淵」に身を投げることにして、いったんは自殺を延期するのだが、ラファエルが骨董店に入るのに対し、リュシアンはクルトワの水車小屋近くの「深い淵」に向かうだけである。そのまま徒歩で「深い淵」のある場所まで移動する以上、骨董店に入るラファエルとは異なる行動をする。わたしはこれでシグナル共有は途切れると思いながら、『幻滅』を読みつづけた。

行先を変えたリュシアンは、丘のふもとを通る街道にたどり着く。するとそこにボルドーとパリを結ぶ駅馬車が通りかかる。長い坂の上りになり、馬車はいったん乗客たちを降ろし、その坂を歩かせるだろう。乗客を乗せたままでは、坂を登れないからだ。自分の姿を見られたくないリュシアンは、人目を避け、小道に入り、ブドウ畑で花を摘みはじめる。ブドウ畑に入ったリュシアンと骨董店に入ったラファエルとのあいだに、照応するものはあるのだろうか。

リュシアンはやがて、丘の斜面の裾にたどり着いたが、それはフランスの街道沿いにじつによくあるもので、特にアングレームとポワチエのあいだではそうだった。ボルドーとパリを結ぶ駅馬車が勢いよくやってきた。おそらく乗客たちはそこで下ろされることになり、長い坂道を歩いて登るだろう。リュシアンは姿を見られたくなかったので、両側が生け垣になった小道へと入り、ブドウ畑で花をつみはじめた。街道にもどったときには、手にセダム〔オウシュウマンネングサ〕の大きな花束を持っていた。それはブドウ畑の石ころのあいだに咲く黄色の花だった。道に出ると、まさに目の前に全身黒ずくめの旅人がいた。頭に髪粉を振り、オルレアン産子牛の革製の、銀の留め金つきの靴をはいて、顔は日に焼け、まるで子供のころ暖炉にでも落ちたような傷痕があった。この旅人は、明らかに聖職者然とした物腰で、ゆっくりとした足どりで葉巻をふかしながら歩いていた。リュシアンがブドウ畑から道に飛び出した音を聞いて、その見知らぬ男は振り返った。詩人の深く憂愁に沈んだ美しさに、象徴的な花束に、そしてその優雅な身なりに衝撃を受けたように見えた。旅人は、長いあいだむなしく捜し求めてきた獲物をついに見つけた狩人に似ていた。

（V・六八九―九〇）

ブドウ畑のへりを通っている街道はその斜面を登っていくのであろう。その坂を、乗客を降ろした駅馬車は空の状態で登っていく。乗客たちは当然、徒歩でその坂を越えねばならない。駅馬車を見たリュシアンは自尊心が働いたのか、駅馬車の乗客たちの視線を避けてブドウ畑へと逃げ込む。そうしてそこで時間をやり過ごすために花を摘む。そう書いて、じつはわたしはひどくうろたえている。骨董店に入って陳列品を見るラファエルと、ブドウ畑に入って花を摘むリュシアンはまるで違うことしているのに、そこには時間をやり過ごすためという目的の一致があって、つまりそこからシグナルの共有が生じていたからだ。

ブドウ畑に入ったリュシアンはセダム（マンネングサ）の花を摘み、駅馬車の乗客たちをやり過ごしてから、街道へともどる。乗客の姿はもうないはずと思っていたのに、すぐ目の前を一人の男が歩いていた。男は気配に気づいたのか、振り向き、リュシアンを目にとめる。さりげなく書かれているように見えるが、手の込んだ仕掛けがそこには施されている。リュシアンを見たその見知らぬ男は、「詩人の深く憂愁に沈んだ美しさ」に「衝撃を受けた」ようになる。そこに使われているsaisiという形容詞（＝過去分詞）はsaisirという動詞から派生したものだが、この動詞は本来「とらえる」の意だから、saisiには「とらえられる」のニュアンスが濃く残っている。悪魔に取りつかれる（とらえられる）、などというときにも使われる。ここでは「衝撃を受けた」と訳したが、「我を忘れた」と訳してもよい。つまり男は、リュシアンの憂愁を秘めた美しさに魂を奪われるほどとらえられたのだ。そして「長いあいだむなしく捜し求めてきた獲物をついに見つけた狩人に似ていた」という語りに、この男の両義性が際立っている。美青年に心の底からとらえられると同時に、その美青年を獲物としてとらえること。男をつらぬく、とらえられると同時にとらえるという受動と能動の両義性は、美青年にまで及ぶだろう。少し先走っていえば、男の庇護下に入り、リュシアンもまた隷属と自由の両義性のもとに置かれるからだ。このさりげない記述には、このあとの二人の基本的な関係性がすでに刻まれている。

そしてもう一つ、小さな仕掛けが施されている。それは、リュシアンの手にしている「象徴的な花束」にかかわる。「象徴的な」と形容が付されているが、その花束はいったい何を象徴しているのか。

セダムの花言葉じたいは、tranquillité（穏やかさ、平穏）だが、それがこの場面に託された象徴的な意味とは思われない。ではいったい、小説家は何を象徴として花束に託しているのか。参考になるのは、バルザックが別の小説でセダムの花に託したイメージである。『谷間の百合』に、まさに象徴的な意味の束からなる花束を主人公のフェリックスがモルソフ夫人のために作る場面があって、セダムの花も使われている。そのときセダムの花には「従順な奴隷女の姿形のように丸まった、望ましいイメージ」（ⅠⅩ・一〇五六）が付与されている。つまり、男のまえにセダムの花束を抱えて立つリュシアンは、その花に託された意味を抱えて立っているのだ。その男のために作った花束ではないのに、リュシアンは「従順な奴隷女」として男のまえに立っていることになる。『幻滅』をさらに先まで読んでいけば、そうした象徴的な意味がこの男とリュシアンの関係性を予告していたことが分かる。というのも、リュシアンは身の上話をしているうちに、義弟への負債を払ってもらう代わりに傀儡（あやつり人形は奴隷でもある）として男に服従することを受け入れるからだ。しかも、いずれ分かるように、この男が若い男を愛する同性愛者でもあれば、セダムの花束が告げる「奴隷女」というイメージにも意味が託されているのかもしれない。少なくとも、リュシアンの受動性と従順性を、セダムの花束は象徴していると言えるだろう。それはまるで一文無しの貧しい花嫁が差し出すことのできる花束みたいではないか。

そしてセダムの花束に託された象徴性は、男にも理解されている。というのもすぐに男はリュシアンに対し、「あなたはその手に少なくともそのしるしを持っている」（Ⅴ・六九〇）と言うではないか。

男のいう「そのしるし」とは、いったい何なのか。小説では何も説明はないが、文脈的にセダムに託された「象徴的な花束」を受けているとしか考えられない。男は花束の象徴的な意味を受けとったのだ。それは狭義の花言葉の「穏やかさ」ではない。リュシアンの持つ服従性、従順さの「しるし」を、男はセダムの花束から読み取ったのだ。その意味で、この花束は男にとってまさにしるし＝シグナルである。小説家はこの男を、「長いあいだむなしく捜し求めてきた獲物をついに見つけた狩人に似ていた」と形容しているが、リュシアンは男にとってまさに従順な獲物にほかならない。

黒ずくめの男の出現

しかし重要なのはそうした描写の仕掛けではない。入る場所が骨董店とブドウ畑で異なっていても、ラファエルとリュシアンの身振りは、時間をやりすごすための遅延行為である点で一致している。この類似性に、わたしはすでに圧倒されていた。シグナルの共有がなされているからだ。と同時に、わたしはさらに驚愕していたのだ。というのも、リュシアンがブドウ畑から「道に出ると、まさに目の前に全身黒ずくめの旅人がいた」と記されているではないか。男の服は「黒ずくめ」なのだ。どうして時間をやり過ごそうとしたあとに、主人公のまえに「黒ずくめ」の男が姿を見せるのか。われわれはすでに、『あら皮』で骨董店の主人がラファエルのまえに「黒いビロードの服」（X・七七）をまとい、「黒いビロードの縁なし帽子」をかぶって姿を見せていたことを知っている。骨董店の老主人も上から下まで「黒ずくめ」なのだ。ラファエルとリュシアンは、入る場所こそ骨董店とブドウ畑と異なってはいるが、それぞれそこで時間をやり過ごし、ともに「全身黒ずくめ」の男に遭遇する。そうして、ともに時間をやり過ごすことで共有されたシグナルがさらに見えないテクストを編み広げていく。

それにしても、どうしてこうも一文無しになった男は自殺を決意し、水に接近し、その挙句、自己愛によって自死を翻意し、延期された猶予期間に「全身黒ずくめ」の男に出会うのか。わたしはシグナルの連なりにいささか興奮しながら、ここまでとは思わなかったラファエルとリュシアンの類似ぶりに、だからこの二人がまるで再登場人物のように重なってみえたのだと納得もしていた。そして『あら皮』と『幻滅』が十二年もの時間をあけて書かれたことを確認して、ふたたび奇妙な感覚にとらえられた。一八三一年から一八四三年といえば、バルザックが常にいくつもの小説を並行して書きまくっていた時期である。それこそ、小説家は命を削るようにしながら仕事をしていた。にもかかわらず、異なるテクストのあいだにこうしてシグナルが共有されつづけている。いったいこの先、どこまでシグナルは育まれるのだろうか、見えないテクストはどこまでつづくのだろうか、と自問しながら、わたしは奇妙な感覚に包まれて二つのテクストを閉じることができない。

神と悪魔あるいは救済と服従の悪魔契約

わたしは二つのテクストを相互に読んだ。ラファエルが骨董店の主人に「どうしても死ななければならない」（X・八〇）、「夜になってから、騒ぎを起こさずに身投げをするつもり」（同）だと自殺の意志を告白したとすれば、リュシアンはトレドの大聖堂の神父を名乗る「全身黒ずくめ」の男に、「あと何時間かすれば、ぼくはもういなくなる」、「これが見納めの太陽です！」（V・六九一）と自死する意向を伝える。どうしてこうもそろって、自殺を決めた主人公たちはその直後に出会った見知らぬ黒衣の人物にそのことを伝えるのか。二人の自殺の不用意な告白から、テクストは同調をさらに維持し、シグナルは共有され、見えないテクストは編まれつづける。そしてリュシアンは自らの死の原因まで「貧乏」のせいだともらしてしまう。そうして話を促されたリュシアンは、死を覚悟している以上、無防備に自分の引き起こした不幸を洗いざらい黒衣の男に打ち明けてしまう。だが、それを聞いた神父を名乗る男はこともなげに、「というと、一万か一万二千フランの金がなくて、あなたは自殺しようとしていたのですか」（V・六九五）とあきれ、「運命というのは、その人がいくらの値をつけるかで決まるのだが、あなたはご自分の将来に一万二千フランの値しかつけないとは」（同）と諭しぎみに言ったあとで、「それでは、このわたしがあなたをいますぐもっといい値段で買ってあげよう」と切り出すのだ。男の話を聞いているうちに、リュシアンはその男の、社会のモラルを逆なでするような発言に魅了され、「力強い腕によって自殺の水底から水面まで引きもどされたように感じ」（V・六九九）さえする。そうして男は切り出す。

「あなたが兵隊になってくれるなら、わたしが指揮官になろう。妻が夫に従うように、子供が母親の言うことを聞くように、わたしに従ってくれるなら、あなたに誓ってもいいが、三年以内にリュバンプレ侯爵にしてあげるし、サン＝ジェルマン地区のもっとも高貴な娘と結婚させてあげよう。そうしていつの日か、貴族院議員の席に座らせてあげるよ。いままさにわたしがこんな話をして気を紛らわせてあげなければ、あなたはどうなっていたか、深い泥の川底に沈んで見つかりもしない死体になっていただろう。（中略）この馬車には、トレド大聖堂賛辞会員カルロス・エレーラ神父の隣に若者が座っているが（中略）その若者はもはやいま死んだばかりの詩人とは何の共通点もない。このわたしがあなたを拾い上げ、生き返らせてやったのだ。だからあなたは、被造物が創造主のものであるように、わたしのものだ。（中略）このわたしがあなたを力強い手で支えて、権力の道を歩ませてやる。それでも快楽と名誉とお祭り騒ぎにこと欠かない暮らしを約束しよう……決して金に不自由させない……あなたは輝き、気どり倒せばいい。そのあいだ、わたしは土台の泥に身をかがめ、あなたの成功という輝かしい建築物をしっかり支えよう。このわたしは権力のための権力が好きなのだ。わたしには禁じられた喜びをあなたが味わってくれれば、それでうれしくなるだろう。要するに、わたしがあなたになるのさ！……ところで、人間と悪魔とのこの契約、子供と外交官とのこの契約が気に食わなくなったときは、いつだってさっき話してくれたような目立たない場所を探して、身を投げて構わないよ」とその見知らぬ男は言った。（V・七〇三）

これは死をまえにした青年を教え諭す神父の言葉ではない。神父に見える服装をしているが、言っているこことはまるで神父らしくない。どうみても、「全身黒ずくめ」の男がリュシアンに語るのは契約の言葉ではないか。「わたしに従ってくれるなら」というのはまぎれもない条件の提示であり、「三年以内にリュバンプレ侯爵にし」、「サン＝ジェルマン地区のもっとも高貴な娘と結婚させ」、「いつの日か、貴族院議員の席に座らせてあげる」とは、契約が約束する成功報酬の提示にほかならない。その成功報酬が若者を自分に従わせるためのアメだとすれば、その条件への服従じたいがムチに当たる。繰り返すが、これは明らかに神父の口にすべき自殺を踏みとどまらせる言葉ではない。「この契約が気に食わなくなったときは、いつだってさっき話してくれたような目立たない場所を探して、身を投げて構わないよ」という自殺を容認する言葉は、むしろ契約を迫るソフトな脅し文句であって、断じて聖職者のものではない。そしてこの言葉がこのトレドの大聖堂の神父を名乗る男の両義性を強める。神を語る神父でありながら、反＝聖職者的であること。この男の両義性とは、神父であると同時に反＝神父でもあることにほかならない。そして男のセリフに注意すれば、この神父は自ら神父ではないことを告げてもいる。「要するに、わたしがあなたになるのさ！」と言ったあとで、自ら、まるで語るに落ちるかのように、「人間と悪魔とのこの契約」と口にしているではないか。神父を騙っている以上、この男は自らを「悪魔」だと認識しているのだ。そしてこのとき、「全身黒ずくめ」という服装が神父のものから「悪魔」の服装へと意味を変える。黒い服にまで両義性が及ぶといえばよいだろうか。この男が神父を名乗りながら悪魔でもあると口にするとき、神父の示す契約の言葉じたいもまた若者を窮地から助ける救済に見えながら、そのじつ、その見返りに服従を強いる悪魔契約になっている。

言うまでもなく、骨董店の主人がラファエルに対し、「汝、われを所有すれば、すべてを所有することになろう。しかし、汝の命はわれのものとならん。神がかく願われたのだから」（X・八四）と読ませた〈あら皮〉に刻まれた条件とその報酬も、すでに見たように、まぎれもない悪魔契約にほかならない。〈あら皮〉による悪魔契約もまた、「神がかく願われたのだから」と神の名を騙りながら、「汝の命」という条件と引き換えに「すべてを所有」させるという報酬を提示していた。この神の名を出して語る＝騙るという両義性じたい、リュシアンをまえにした神父＝悪魔の両義性と同じではないか。そして骨董店の、〈あら皮〉の置かれていた壁の対極にラファエロの描くキリストの肖像画を配置する構図じたいにまで、その両義性は及んでいた。しかもその部屋の描写もまた、生と死の両義性に貫かれていた。そうした両義性は、画家がこの男を描くとしたら、「二つの異なる表現を、二種類の筆づかいを用いて」（X・七八）描くであろうといわれる点に集約されるのだが、小説家はそれを具体的に「永遠の父（＝神）の麗しい姿かそれともメフィストフェレス（＝悪魔）」（同）と言っているではないか。黒ずくめの骨董店の主人は神と悪魔という両義性を体現していて、それを『幻滅』の黒衣の神父＝悪魔はなぞっている。黒い服にはじまるテクスト同調は、契約の文言を示す男の担う神＝悪魔の両義性に及び、その男によって示される悪魔契約にまで波及する。シグナルを共有しつづけるのだ。「全身黒ずくめ」の男が神父であり悪魔であったように、骨董店の主人もまた「永遠の父」＝神であると同時に「メフィストフェレス」＝悪魔でもあって、こうしたテクスト同調により生まれるシグナルの連繋が二つの小説のあいだに見えないテクストをさらにいっそう編み広げる。

そうして悪魔契約を実現するために、「全身黒ずくめ」の男は正体を現し、リュシアンにこう言い切るだろう。


「ヴォルテール〔反・教会の啓蒙哲学者〕を読んだことはありますか？」とリュシアンは尋ねた。

「もっと実践しているよ」と大聖堂の参事会員は答えた。

「神を信じていないのですか？」

「まったく、このわたしが無神論者かい？」と神父は微笑みながら言った。（中略）

「でな、わたしは孤独なのだ。一人で生きている。わたしは法衣こそまとっているが、神父の心は持っていない。人に尽くすのが好きなのだが、それが欠点さ。自己犠牲で生きている。それで神父にもなったわけだ。（中略）わたしにとっては、教会など何でもない。一つの観念にすぎんさ。（中略）わたしは自分の創造したものを愛でたいのだ。そいつをこの手でこしらえ、自分が使うために作り上げる。父親が息子を愛するように、自分でこしらえたものを愛してやりたい。いいかい、きみの乗る二輪馬車にも揺られよう。きみが女たちにもてれば、それを喜びたい。で、こう言うのさ。〈この美青年はわたしなのだ！　このリュバンプレ侯爵は、わたしがこの手でつくり、貴族社会に送り出したのだ。彼の栄誉こそわたしのつくった作品であり、彼が黙るときも話すときも、わたしの声によるのだ。何でもわたしに相談してくれる。ちょうどマリー＝アントワネットにとっ

てヴェルモン神父がそうであったように〉」（中略）
「いま、義弟のダヴィッドを釈放させるためなら、ぼくは何だってしますよ」と答えたリュシアンの声は、もはや自殺をしようという者の声ではなかった。
「息子よ、ひとこと言えばよい。そうすれば、その男は明日の朝、必要な額の金を受け取り、自由の身となるだろう」
「何ですって！　一万二千フランもぼくにくださるというのですか！……」
「（中略）もうすぐポワティエで夕食だ。そこで、契約書に署名して、服従するという証をひとつわたしに見せてもらいたい。この証は重要で、それをとっておきたいのだ！　そうしたら、ボルドー行きの駅馬車がきみの妹に一万五千フランを運んでくれるだろう……「その金はどこにあるのです?」（中略）
神父は大きな手を三度革袋につっこんだが、そのたびに手にいっぱいの金貨をつかみ出した。
「神父様、ぼくはあなたのものです」と、そのあふれんばかりの金貨に目がくらんでリュシアンは言った。（V・七〇七―九）
「全身黒ずくめ」の男は、「わたしは法衣こそまとっているが、神父の心は持っていない」とはっきり言っているではないか。「わたしにとっては、教会など何でもない」とさえ口にしている。この神父を騙る男から大量の金貨を見せられ、リュシアンは義弟を救えると思い、「契約書に署名して、服従するという証をひとつわたしに見せてもらいたい」と男の言うままに、悪魔契約に同意してしまう。またしても、骨董店の主人に〈あら皮〉を見せられ、命と引き換えに何でも願いが叶うと聞かされたラファエルが悪魔契約を結んだのと同じである。物語的に見れば、〈あら皮〉が契約の文言を示す『あら皮』と神父が契約の文言を口にする『幻滅』は異なっているものの、その契約に神と悪魔の両義性が織り込まれることによって、契約がともにがぜん悪魔契約の相貌を帯びはじめる。それが、骨董店の主人と偽神父の黒衣というシグナルを受け継ぎ、新たなシグナルをいくつも周囲に撒き散らしている。そこまでシグナルによって編まれる見えないテクストが維持されていることに、わたしは驚きと興奮の混じった動揺を感じ、言葉がつづかない。

『あら皮』と『幻滅』は物語も主人公も違っているのに、これほどまでにテクスト同調によってシグナルが繋がっている。そのように読んできたのは自分なのに、どこか信じがたく、バルザックはとんでもないことをしている気がして、わたしはこの章を読み返す。そして一つの感触を抱く。シグナルの連繫をシグナルの反復だとみなせば、なんでもかんでも「再登場」に結びつけるつもりはないが、これまで読み取ってきたシグナルの連繫は一種の「シグナル再登場」とでも言えるのではないか。すでに指摘したように、「人物再登場」の方法が小説と小説のあいだで、小説には出てこない新たな物語（その人物の書かれはしない人生）を生むとすれば、この「シグナル再登場」はテクストとテクストのあいだに、書かれはしない新たなテクストを生む、と考えることができる。それこそが、見えないテクストと呼んできたものなのだ。そう納得したとたん、わたしのなかで、これまで以上に奇妙な感覚が強まっている。

第八章　テクストの自由と不自由

奇妙な感覚　シャノンのサルが見るテクスト

ラファエルとリュシアンが自殺の決心をしてから悪魔契約を結ぶまで、よくもこれほど二つのテクスト間にシグナルが共有されたものだ、とわたしは動揺にも近い驚きと興奮を覚えたが、それは結局、それまでに感じていた奇妙な感覚を深めることになった。よく考えてみると、その奇妙な感覚には二つの相反する思いが底流している。シグナルのかくも長く密な連繋は、否定的に見れば、小説家が超多忙ゆえに同じ物語の軌跡を用いた結果だとも言えるし、肯定的に考えれば、超多忙であるから、物語の促す方向に小説家が身をまかせたからだともとれる。身をまかせるということは、つまり、物語を生み出すテクストの運動に書くことじたいをあずける、というか、テクストの誘う方向に筆をゆだねる、と言い換えてもよい。否定的に考えれば、小説家による意図的な自己引用であり、自らすでに作った物語の部分的なパクリとなる。肯定的に考えれば、逆に、主体的で能動的でもあるはずの書く行為があるとき受動的ないしは自動的になって、その瞬間をテクスト自身が刻んだということになる。

そうした否定と肯定に引き裂かれた思いが、奇妙な感覚の奥深くにあることに気づいたのだ。

　そうした否定的な思いと肯定的な思いを、小説家がテクスト同調を意識して行なったのか、意識する間もなく同調が生じてしまったのか、と言い換えることができる。しかし小説家がその種の発言を何も残していない以上、じっさいにその判断をつけることは不可能なのだ。せいぜい、外的な事実の確認から推測することくらいしかできないだろう。そしてそこに、テクスト論の困難がある。複雑なことに、しかしその困難がなければテクスト論じたいも成立しない。どういうことかといえば、テクスト同調を小説家が意図して行なったとすれば、シグナルの発見・確認が単に小説家の意図を反映した書く技術の追認作業にしかならないということだ。小説家の意図と思惑のないところではじめて、テクストを読む自由は担保される。そうした自由があってこそ、小説家の息のかからない、テクストじたいの言葉の運動から生まれたものにふれることができる。小説家が意図した細部と細部をつないでも、そこからは符丁もシグナルも飛び立たない。その意味で、シグナルの連繫が編む見えないテクストには、この自由が保たれていなければならない。

　はたして『あら皮』のラファエルと『幻滅』のリュシアンが刻むテクスト同調には、この自由が担保されているのか。小説家の意図を超えたかたちで、シグナルが生まれているのか、それとも二つのテクストの差し出す類似性に、小説家の意図が反映されているのか。奇妙な感覚の底には、そうした思いがあったのである。そしてわたしはまず、外的な事実の確認からはじめることにした。

　そのために、わたしは情報を集めた。テクストを読みつづけるために、たとえ推測の域を超える判断ができなくとも、外的な事実から見えてくるものに向き合おうと考えたのだ。『あら皮』の最初の刊行は、一八三一年八月である。そして『幻滅』の執筆時期・刊行時期を調べるうち、プレイヤード版・V巻目に所収の『幻滅』の「序文」に、ロラン・ショレーの次のような指摘を目にした。

三部からなる『幻滅』はその強力な統一性により、この作品を構成する三つの小説それぞれが持つ絶対的な奇抜さにより、驚くべきものとなっている。この三つのエピソードは何年もへだてて（一八三六年、一八三九年、一八四三年に）書かれていて、それらがこの共通のタイトルで初めてまとめられたのは、一八四三年に、最初の版の『人間喜劇』の第八巻においてである。（V・三）

『幻滅』の三つのエピソードとは、それじたい一篇の小説といえるほどの分量を持つ『二人の詩人』、『パリにおける田舎の偉人』、『発明家の苦悩』の三つであり、この三作はそれぞれ執筆後に個別に刊行されている。その初出を確認すれば、『二人の詩人』は一八三七年二月、第六回配本の『十九世紀風俗研究』に収められ、『パリにおける田舎の偉人』は一八三九年六月、スヴラン社から二巻本で刊行されている。『発明家の苦悩』はもう少し複雑で、まず、一八四三年の六月と七月、「ダヴィッド・セシャールあるいは発明家の苦悩」のタイトルで雑誌に二回に分けて発表され、ちゃっかりその数日後に、一年前から刊行のはじまった『人間喜劇』の八巻目に、第一部「二人の詩人」、第二部「パリにおける田舎の偉人」とともに、『幻滅』第三部「エーヴとダヴィッド」として刊行されている。しかも職業作家としてのバルザックの抜け目のなさが分かるのは、同じ年の十一月に、その第三部を『ダヴィッド・セシャール』とタイトルを変え、デュモン社から二巻本で刊行していることだ。つまり、リュシアンの自殺の決心とその回避から悪魔契約までが語られる『発明家の苦悩』は、初出雑誌、『人間喜劇』、単行本というかたちでタイトルを変えながら短い期間に三度も発表されている。そして結局、わたしのまえには、『幻滅』第三部の『発明家の苦悩』の刊行と『あら皮』の刊行のあいだに介在する十二年という年月の問題が残り、すでに承知していることの再確認にしかならず、こちらをとらえている奇妙な感覚はどうにも解消されない。

この十二年をどう考えるか。『あら皮』(一八三一)でのラファエルの振る舞いを意識してなぞるように、『発明家の苦悩』(一八四三)でリュシアンの動きを描くことなどふつうは不可能である。しかし、そうした一般的な蓋然性から考えてもはじまらない。わたしは『あら皮』から『発明家の苦悩』までに書かれた小説をざっと思い浮かべようと、年譜を参照したら、それこそ矢継ぎ早に物語が書かれていた。ざっと主な小説を数えても、五十篇前後の作品が書かれている。逐一、個々の作品名は挙げないが、この期間、よくも一人の人間にこれほど多くの小説を執筆しつづけることができたのか、と不思議なくらいである。そうしたなかで、発表に最大十二年ものへだたりのある二つの小説の細部をどこまで脳裏に維持しつづけることが可能なのだろうか。いかに記憶力のよい小説家にも、できないように思われる。その意味で、『あら皮』(一八三一)の差し出すラファエルの動きと『発明家の苦悩』(一八四三)で示されるリュシアンの動きとの、いわゆる同期現象《シンクロ》は、テクストの意図的ななぞりの結果というより、共通する物語（自殺志願者を悪魔契約で救うという）がもたらした意図によらない一致であると考えられるのではないか。だが、そうした判断さえ、厳密には、蓋然性をもとにした推測の域を出るものではない。

そうした十二年のあいだも、ひたすら書きつづけたバルザック。しかしふたつの小説が物語の軌道を一にすることが、意図されたことか、偶然もたらされたことか、確実な判断にはいたらなかった。わたしは、常に締め切りに追われ、ものすごいスピードで小説を書きまくるバルザックを夢想した。あらかじめ符丁やシグナルなど意識するヒマなどなく、良くも悪くも、目の前の紙にペン先にふくんだインクが途切れるまで文字を書き連ねる小説家の姿を想像する。書き飛ばすこと。文字通り、小説家は飛ぶようなスピードでペンを動かす。九十篇近くの小説（その多くが長篇である）を正味二十年の作家生活のあいだに書くには、筆を休めてなどいられない。そのさなかにあっても、ロシアの貴族女性に恋をし、何度もともに旅行し、彼女に会うためにウクライナまでの長旅を繰り返し、いとわずその地に長逗留もしたのであれば、実質的な執筆時間はさらに削られる。そうしてペン先から生まれた文字列に、偶然、同調《シンクロ》が起きてしまう。それは、書くことの持続のなかで不意に生じたテクストの特異点とでも言うほかない。そう思うと、持続する何ページかのテクスト同調があり得ない奇跡のように思われてきた。

そしてこのテクスト同調は、わたしに懐かしい名前を思い起こさせる。「シャノンの定理」で知られるクロード・シャノンである。というより、彼が差し出した「無限の猿定理」の、タイプライターを無限にたたき続けるサルだ。このサルはタイプライターを無限にたたき続ける以上、いつかはその文字の並びがシェイクスピアの『ハムレット』にもなることがありうる、という仮説的な話だが、わたしがバルザックのテクスト同調から想起したのは、当時はペン書きではあったが、多産に書き続けるサル、いや、失礼、バルザックが、まさにシャノンのサルさながらに、その書き続ける文字列のなかに同じ物語の軌跡を書き込んでしまったといった事態にほかならない。少々大げさにいえば、わたしは『ハムレット』と同じ文字列を打つシャノンのサルの姿から、『あら皮』に刻まれる文字列《テクスト》と同じ文字列《テクスト》を『幻滅』第三部の『発明家の苦悩』として刻む小説家の姿を遠望したのである。しかしながら、シャノンのサルには、その二つの小説のあいだの、シグナルによって織られるテクストは見えない。バルザックはどうなのだろう。『あら皮』と『発明家の苦悩』の物語は意図的に同調させられたのか、はたまた、その同調は偶然にもたらされたのか。このシャノンのサルの瞳に何が映っていたのか、われわれには確かめようがない。

祝祭と名前

『あら皮』と『発明家の苦悩』(『幻滅』第三部)の発表のあいだに横たわる十二年をどう考えていいか分からないまま、『幻滅』からつづくリュシアンの動きを追って、わたしは『浮かれ女盛衰記』を読みはじめていた。悪魔契約を結んだあとのリュシアンについては、『幻滅』の最後で「彼がパリにもどってからのことは『パリ生活情景』の領域である」（Ｖ・七三二）と告げられるように、この小説を受けつぐ『浮かれ女盛衰記』で語られるからである。そして、その冒頭に描かれている舞踏会の場面を目にしたとき、思わず声を上げるほどわたしは驚いたのだ。『幻滅』とともに終わったと思っていたテクスト同調が、いま読んでいる目の前のページで起こっている。その同調から、シグナルが生まれ、見えないテクストを編み広げている。

これはどうしたことだろう。一瞬、しかしここまでテクスト同調がつづくのは、やはりバルザックが意図して仕込んでおいたせいかもしれない、と思いがよぎった。そうなると、シグナルと思っていたものがすべて小説家の息のかかったものになり、シグナルとして死んだものになってしまう。それはもはやシグナルとは呼べず、シグナルによって織られた見えないテクストなど、絵空事になってしまう。そうした思いに駆られながら、ともかくもわたしは『浮かれ女盛衰記』を読みつづけたのである。

その冒頭は、バルザックの小説にしては珍しく、助走部分の長い説明をぬきにして、いきなりこんなふうにはじまっていた。

一八二四年、パリのオペラ座ではその年最後の舞踏会が開かれたが、何人もの仮装した人びとは一人の若者の美しさに息をのんだ。その若者は、廊下やロビーを歩き回っていたが、まるで、予期せぬ事情で家を出るのが遅れた女でも探しているような様子に見えた。（中略）この若いダンディーは気にかかる人探しにひどく心を奪われて、自分が周囲にもてはやされているのに気づいておらず、仮装した人のなかにはからかうように感嘆の声をあげる者もいたが、本気で驚く声や、辛辣な冷やかしや、この上なく甘い言葉も聞かれたのに、彼の耳には入らず、目にも見えなかった。(中略)若者は自分の夜会にでも来ているような落ち着いた自信のほどを見せているようだった。(中略)ところでこの若者は知らないうちに、殺人者の仮装をした男にあとをつけられていて、その男は背が低く太っていて、まるで樽がころがるみたいだった。

(Ⅵ・四二九—三〇)

リュシアンはオペラ座の舞踏会に出ている。補足すれば、一八一五年から一八三三年まで、オペラ座の舞踏会はダンスのない舞踏会であり、* プレイヤード版の同書の後注によれば、仮装パーティーになるのは一八三六年以降で、「その影響は大きく、社会のあらゆる階層がそこでは混然となっていた」(Ⅵ・一三二八)とあって、だから厳密に史実と重ねれば、この一八二四年の舞踏会ではダンスは行なわれていないし、仮装パーティーも行われてはいない。じっさい、引用部分につづく描写を見ても、ダンス風景は描かれていないのだが、仮装パーティーについては、小説の書かれている現在を反映してのことか、物語に必要な光景として引用部分にもきっちり描かれている。

そうした確認をした上で、注目したいのがリュシアンのあとをつけている仮装した男である。この仮装した男こそ、リュシアンと悪魔契約を交わし、若者を傀儡に仕立てたあの「全身黒ずくめ」の偽神父にほかならない。ただし「背が低く太っていて、まるで樽がころがるみたい」と描写されるその姿は、どうにもこれまで物語られてきた偽神父にも、このあと物語られる偽神父(上半身をあらわにする場面があるが、偽神父は太ってはいない！）にもそぐわない。その違和感はあるものの、すでに二人はリュシアンがパリの社交界で地歩を築くための活動に動き出していることが分かる。そしてわたしがこの場面を読んで声をあげるほど驚いたのは、『幻滅』での悪魔契約を受けてのこの舞踏会という流れじたいが、前章で長々と確認したテクストの同調を受け継ぎ、維持しているからだ。というのも、すでに見たように、『あら皮』では、悪魔契約を結んだ主人公が骨董店を出たところで、彼を探していた仲間たちに出会い、そこではじめて「ラファエル」と名前を呼ばれ、仲間たちに、その晩催されることになっていた新聞創刊を記念した祝祭に連れていかれたではないか。オペラ座の舞踏会と新聞創刊の祝賀会。細部は異なるものの、どちらも祝祭空間にほかならない。悪魔契約のあと、一転して祝祭に参加すること。『浮かれ女盛衰記』の冒頭を飾るオペラ座での舞踏会こそ、まさに悪魔契約のあとの祝祭への参加であって、『あら皮』のラファエルの身振りをリュシアンはまたしても忠実に反復しているのだ。シグナルは作品をまたいで共有されている！　その発見に、わたしは驚愕したのである。

しかし惹きつけられたのは、悪魔契約の場面が祝祭空間に一転するという展開の一致にだけではない。祝祭のテクスト的細部にまでシグナルの共有が幾重にも及んでいることに、驚きを新たにしたのである。というのも、小説家の意図がそんなテクストの細部にまでとどくのか、ひどく疑問に感じられたからだ。その細部とは、名前の発語にかかわる言葉の連なりからなっている。『あら皮』の祝祭空間でいえば、新聞を創刊したばかりの公証人（これが「人物再登場」の実践でターユフェールと名前が与えられる）が「ヴァランタンと呼ばれていたのを聞いたように思うが」とその名前を発する。それはラファエルの名前なのだが、その発語をきっかけに、このようなやりとりをテクストは差し出す。

「あそこに見えるあの若者は、なんていう名だ？」と公証人はラファエルを指しながら言った。「ヴァランタンと呼ばれていたのを聞いたように思うが」

「ただのヴァランタンですって、なにを言うことやら」とエミールは笑いながら声を上げた。「ラファエル・ド・ヴァランタンとおっしゃっていただきたい！　その家紋には、黒地に真紅の嘴と爪をした銀の冠をいただいた金色の鷲が描かれ、『われらが勇気は衰えず』というみごとな銘まで入っています！」

（X・九九）

祝祭で、名を口にされること。それも、正式な名前《フル・ネーム》を発するきっかけを作るかのように、まずは姓だけで呼ばれること。公証人が「ヴァランタンと呼ばれていたのを聞いたように思うが」と言うように。そしてこれに対し、「ラファエル・ド・ヴァランタンとおっしゃっていただきたい！」と言葉が返されることで、正式な名前《フル・ネーム》が告げられるのだが、それが貴族の名前になっているのだ。そのとき、パリで食いつめて自殺をしようとしていた単なるラファエルという名の若者が、一躍、「ラファエル・ド・ヴァランタン」と省略なしに呼ばれ、貴族であることがわかる。しかも名前とともに、その家紋の説明までがなされること。そうした貴族の名の発語は、その後のラファエルの動きを予告していて、この祝宴のあと、ラファエルは〈あら皮〉による願望実現のおかげで、貴族にふさわしい財産を相続することになるからだ。そうなると、新聞創刊を記念する宴が、まるでラファエルが貴族であることを祝う祝祭でもあるかのように見えてくるではないか。

そしてわたしが驚嘆したのは、そうしたテクストの細部を『浮かれ女盛衰記』がまさに逐語的になぞっているからである。というのも、オペラ座の舞踏会で、もう一人の主人公もまた名前を呼ばれるのだ。しかも、『あら皮』の祝祭空間でと同じく、最初は単に「シャルドン」というように姓だけで呼ばれる。それだけで、すでにシグナルの共有ははじまっている。そして最初にフル・ネームで呼ばれないことが、つづいて正式な名前を名乗るきっかけになっている。そうして名乗られると（そこにもシグナルの共有がある）、それが立派な貴族の名前なのだ。いやはや、この一致はシグナルの共有を維持しているではないか。その連繋ぶりを、『浮かれ女盛衰記』の舞踏会の場面で確認していただければと思う。

「シャルドンさん、あなたとあらためて近づきになりたがっている方を、紹介させていただきたいのですが……」とシャラントンの県知事はそのダンディーの腕をつかむと言った。

「これはシャトレ伯爵。そのお方が、あなたが呼んだその名前がどれほど奇妙かということ〔シャルドンは棘のあるアザミを指す〕をぼくに教えてくれました。王令によって、ぼくにはリュバンプレという母方の先祖の姓がもどってきたのです。そのことをどの新聞も報じていますが、取るに足らない人物にかかわることなので、恥ずかしがらずにこの姓を、友人たちゃ敵側の人間、薄情な連中にも思い出してもらおうと口にしているのですよ。あなたご自身がどの位階に身を置いていようとかまいませんが、あなたの奥さまがぼくにすすめたやり方〔パリにともに出奔することを指す〕をあなた自身はきっとお咎めになると思いますよ。奥さまがまだバルジュトン夫人という名だったころの話ですがね」とその若者は言葉を返した。（この気のきいた警句はその場にいた侯爵夫人を微笑ませたが、シャトレ県知事には苛立たしい身ぶるいを覚えさせた。）そしてリュシアンはつけ加えた。「奥さまに言ってさしあげて下さい。ぼくはいまや、緑の牧場にたけり狂う銀の雄牛のいる赤地の紋章をつけていますとね」

「金銭にたけり狂う」〔銀を意味するフランス語には金銭の意もある〕とシャトレは繰り返した。

「もしご存じなければ、侯爵夫人があなたに説明してくださるでしょう。なぜぼくの家の盾のなかに小さな盾の描かれた古い家紋の方が、ナポレオンの帝政時代に授けられた、侍従の鍵と金の蜜蜂の入ったお宅の家紋より由緒があるかを。旧姓ネーグルプリス・デスパールを名乗るシャトレ夫人の大きな嘆きの種だというではありませんか……」とリュシアンは痛烈に言い返した。

（Ⅵ・四三二―三）

舞踏会で最初に呼ばれる「シャルドン」という名は、ふつうの名前（普通名詞）でいえば「棘のあるアザミ」にほかならない。棘のあるアザミ、と呼ばれることじたい、揶揄《からか》われているようなものだ。

そして『人間喜劇』の読者なら、かつてリュシアンがその名のことでじっさい揶揄われたことを思い出すだろう。つまり、その場面の伏線を回収する場面となっているのだ。ちょうど、バルジュトン夫人に言われるままにともにパリに上京したリュシアンが、急に夫人から冷たく拒否されたとき、その理由をデュ・シャトレ氏当人から説明される。

「いいですか、きみは初舞台からラスティニャックさんに悪口を言われたんですよ。あの若きダンディーはね、きみのことをたずねられると、あっさりと答えたんです。きみの名前はシャルドンで、ド・リュバンプレなんかじゃないって。お母さんは産婆をしていて、お父さんは生前、アングレームの場末のルモーで薬屋をやっていた、妹さんは魅力的な娘さんで、シャツにアイロンをかける腕前が見事で、間もなくセシャールという名のアングレームの印刷屋と結婚するって。社交界ってそういうものなのですよ。」（V・二八八）

かつてこのように事情を説明しながら揶揄したデュ・シャトレに対し、母方の貴族の名前を取りもどしたリュシアンは、このときの屈辱を晴らすべく、舞踏会の場で、デュ・シャトレがナポレオン時代に増やされた新興の帝政貴族にすぎないことをあてこすり、かつての揶揄のしかえしをする。そのとき、自らのフル・ネーム（貴族の名）ばかりか、「緑の牧場にたけり狂う銀の雄牛のいる赤地の紋章」というように、自らの由緒ある家紋の説明まで披露するではないか。祝祭空間で名前を呼ばれたことをきっかけに、正式名を名乗り、それが貴族の名であり、家紋の説明まで行なう。この家紋の説明がデュ・シャトレへの揶揄返しであることを考えれば、オペラ座の舞踏会の場面は、ラファエルをむかえる『あら皮』での祝祭空間の逐語的な反復というより、名前にちなんで揶揄されたリュシアンの先行エピソードへの応答であって、つまり、『浮かれ女盛衰記』の舞踏会は『あら皮』での新聞創刊の祝賀会の意図的反復ではないと考える方がより自然に思われるのだ。作者の意図を離れてシグナルがいくつも連繫していて、そこに、わたしはテクストを読む自由と可能性が担保されているように感じたのである。

そのせいで『浮かれ女盛衰記』の冒頭が、貴族の名前を取りもどしたリュシアンを祝うための祝祭空間に見えた。それこそが、シグナルの連繫が編みあげる見えないテクストの差し出す意味にほかならない。そしてそこからふたたびテクスト同調をたどれば、『あら皮』での新聞創刊を記念する祝祭もまた、ラファエルがやがて貴族にふさわしい財産を手にすることをあらかじめ祝しているようにもとれるのであって、見えないテクストはそうした両義性を祝祭空間にもたらすのだ。「全身黒ずくめ」の男は悪魔契約と引き換えに、「三年以内にリュバンプレ侯爵にしてあげる」と約束していたが、『幻滅』と『浮かれ女盛衰記』のあいだの、物語としては書かれていないところで、すでにその第一歩が踏み出されていて、「王令によって、ぼくにはリュバンプレという母方の先祖の姓がもどってきた」というかたちで、悪魔契約の一つが実現していたのである。テクスト同調から生まれたシグナルの連なりをここまでたどることができて、わたしのなかで興奮はどうにも収まろうとしない。

逆接と中断

ラファエルもリュシアンも、悪魔契約を結んだあとの祝祭空間で、当初は単に姓だけで呼ばれ、それをきっかけに貴族の名前が口にされ、さらにはその家紋のことさえ語られる。そうしたテクスト細部の共有から、シグナルが連続して生まれ、それまでつづいてきた見えないテクストをさらに編み広げていく。そして、意図的なテクスト同調の可能性は薄らいだものの、わたしは『浮かれ女盛衰記』をめぐる外的な事実を確認しておきたくなったのである。『幻滅』について確認したように、『浮かれ女盛衰記』についてその初出等を調べていると、プレイヤード版『浮かれ女盛衰記』に付された序文に、ピエール・シトロンの指摘を見つけた。わたしはまたしても声が出るほど仰天したのである。

『浮かれ女盛衰記』は（中略）長いことバルザックの心を占めた作品である。それは、彼の頭にヒロインが誕生したのを考慮すれば一八三五年から、あるいは最初の断片の発表をカウントすれば一八三八年から、全体の完成する一八四七年にまで及ぶ。（Ⅵ・三九五）

われわれが問題にする舞踏会の場面は、『浮かれ女盛衰記』の冒頭なので、一八三八年に発表された「最初の断片」に収められている。詳しくいえば、一八三八年九月、ヴェルデ社から二巻本として刊行された二巻目に、『浮かれ女盛衰記』の第一部は『しびれエイ』のタイトルで『ニュシンゲン銀行』とともに収められている。全体が完成するのはその九年後だから、できた部分から発表して早めに可能な印税を回収するバルザックの職業作家としての姿勢が認められる。

ところで、これらを見ると、一つの逆転現象に気づかざるを得ない。わたしの仰天の理由もそこにある。あらすじの流れとしては、リュシアンの自殺の決心から、その延期、悪魔契約を経ての舞踏会＝祝宴での再登場が物語の時間順序にしたがって並んでいる。しかし、バルザックの執筆順序と発表時期に従えば、あとから起こるリュシアンの祝宴での再登場がまず一八三八年に発表され、最初と中ほどで起こる自殺の決心から悪魔契約までが五年遅れて一八四三年に発表されているから、あとからわれわれが読むときに手にする一連の流れを時間順に眺める視野《パースペクティブ》を持つことは、舞踏会の場面を執筆していたときのバルザックには不可能なのだ。少なくとも、『浮かれ女盛衰記』の冒頭から、つまりそれが発表された一八三八年の時点から、そこにいたるリュシアンの振る舞いを振り返ろうとしても、『幻滅』第三部『発明家の苦悩』（一八四三）はまだ一行も書かれていない。『浮かれ女盛衰記』の冒頭で舞踏会にいるリュシアンは、その場面が書かれた時点で、自らの自殺の決心も悪魔契約による自殺の回避もいまだ経験してはいない。わたしはすべてのテクストが出そろった時点から、リュシアンの一連の動きを起る時間順序にしたがって再構成して見ていたのであり、そうしたパースペクティブじたい、『浮かれ女盛衰記』の冒頭（『しびれエイ』）の舞踏会を書いているときのバルザックには見えていないのである。と同時に、納得したことがある。この舞踏会の冒頭に姿を見せる偽神父は

「背が低く太っていて、まるで樽がころがるみたい」となっていて、同じ人物がその前後で見せる容姿と印象とまるで違っているように感じたのだが、その違和感が腑に落ちたのである。その場面が、この偽神父＝ヴォートランがリュシアンに悪魔契約をもちかける五年も前に書かれていて、つまり容姿だけがその場面に合うように先行描写されていたからだ。

そして書かれた順序から考えれば、むしろ、先にできあがっている『浮かれ女盛衰記』の冒頭（一八三八）につなぎ合わせるために、『幻滅』第三部『発明家の苦悩』（一八四三）は書かれたのだ。言い換えれば、リュシアンの、パリで一文無しになり、自殺を決意し、自己愛から延期し、その途中で悪魔契約を結ぶという一連の動きじたい、先に書かれているオペラ座での舞踏会に連繫するように、少なくとも五年もあとから書かれたということだ。だから、『あら皮』（一八三一）のラファエルの動きをなぞるようにしてこの舞踏会の部分が書かれた可能性は一段と低くなる。たしかに、バルザックの頭のなかにそうしたすべてが構想としてあった可能性は否定できないが、逆に、頭のなかにそうした構想があった可能性もまた肯定できない。どちらも仮定の域を出ないのだ。言えることは、『発明家の苦悩』から十二年、『浮かれ女盛衰記』からでも七年もまえに書かれた『あら皮』でのラファエルの動きを逐語的になぞるようにして、リュシアンの動きを、しかも五年の中断をはさんで書いた、と考えるほうがきわめて不自然なのだ。

連続しているように見えたリュシアンの一連の動きには逆接がふくまれていて、最初に、いちばん後にくる祝祭が書かれ、そこに五年もしてから自殺の決意と悪魔契約によるその回避が接合される。

しかも、テクストの言葉の細部に共有されるシグナルの同調の持続が、そうした逆接をも超えて小説家の頭のなかで維持された、などとはおよそ考えられない。すでに指摘したように、その中断の時期の超多忙な執筆状況を考えれば、『浮かれ女盛衰記』冒頭の舞踏会を書いた時点で、『発明家の苦悩』の自殺をめぐる場面からの主人公の動きをあらかじめ周到に用意しておくことなど、ましてや十二年もの隔たりを超えて『あら皮』のラファエルの動きを意図してなぞることなど、じつに想像しにくいのだ。いつも締め切りに追われながら短い時間でアイデアを捻り出し、そのそばから物語を筆先からほとばしらせるバルザックの執筆の常態から言っても、旧作の動きを律儀になぞり、シグナルを共有し、それを何年もの時間差をはさんで持続するなど、まさに不可能に近い。

われわれが見てきたようなテクスト同調から生まれるシグナルの共鳴を、『あら皮』から七年も十二年も、しかも起こる順序が逆接しているのに、この小説家が三つのテクスト間に維持したと考えることじたい、ひどくナンセンスに思われる。そうした小説家の意図がテクスト細部に生ずるシグナルの共有にまで浸透している、とみなすほうがよほど非現実的なのだ。だいいち、シグナル共有の連繋から編まれる、われわれの見えないテクストと呼ぶものがバルザックに見えていたと発想することじたい、思考の倒錯そのものではないか。

状況証拠にすぎないといわれれば、それまでだが、『あら皮』が書かれてから『しびれエイ』をはさみ『発明家の苦悩』が書かれるまでの期間、バルザックの年譜をみれば、一人の人間がよくもこれほど多くの小説を執筆しつづけることができるのかといぶかしく感じられるほどの、超多産な時期がつづいていて、そのなかで、発表に最大十二年ものへだたりのある二つのテクストの細部を脳裏に維持しつづけることなど、いかに記憶力のよい小説家にもできないように思われる。それができたのだから、逆にバルザックは超人的な小説家なのだ、という言い方もできるかもしれないが、『あら皮』（一八三一）の差し出すラファエルの動きと『発明家の苦悩』（一八四三）と『しびれエイ』（一八三八）で示されるリュシアンの動きとの、いわゆる同期現象《シンクロ》は、両者のテクストとその細部に宿るシグナルを意識しての一致というより、強いて言えば、物語の類似（自殺志願者を悪魔契約で救済し、その新たな出発を祝う）が書くことにもたらした自動的な共鳴ではないのか。その意味で、わたしには、これまで見いだしてきたシグナルによって編まれる見えないテクストに、小説家の意図に左右されない自由が担保されていると感じられ、テクスト同調じたい小説家の息のかかっていない事態とみなすことができたのである。もっともこうして積み上げてきた考えもまた、小説家の頭のなかをのぞくことができない以上、最終的には推測の域を出ないものではあるが。

注

＊　このことに関しては、以下の書物に詳述されている。Martin-Fugier, Anne, *La vie élégante ou la formation du Tout-Paris 1815-1848*, Librairie Arthème Fayard, 1990. chap.4 ちなみに邦訳は『優雅な生活』（新評論・前田祝一他訳）。

第九章　テクストの逆襲

シグナルの他者性

　シャノンのサルもバルザックも見たことのないシグナルで編まれたテクストを思い浮かべるうち、とつぜん、わたしのなかでひとつの像が結ばれた。かつて『あら皮』のラファエルが『幻滅』のリュシアンに見えたのと、同種のものである。いったい、シグナルで織られた見えないテクストはどんな像を差し出したのかと言えば、わたしには一瞬、『幻滅』の偽神父が〈あら皮〉と重なって見えたのである。見えないテクストが見せてくれたのは、いわば二重写しの幻像のようなものかもしれないが、見えてしまったのだ。テクスト論的な〈知〉としか言いようがないが、テクストのもたらすシグナルに注意して読んでいくと、とつぜん、見えてくるものがある。考えた末にたどりつくのとはちがって、分かってしまう、という感覚に近い。〈あら皮〉は偽神父ではないか、と不意に理解したのだ。そしてこの重なりから、『人間喜劇』は〈あら皮〉という呪物を偽神父のヴォートランに変換していくプロセスでもあるように感じられたのである。

別の言い方をすれば、そのプロセスとは、幻想性という意味の発生源としての呪物を書き消す作業でもある。マックス・ミルネールの指摘をもとに、バルザックが行なった一八三五年の切断を見たが、その切断の内実が、わたしを捉えた幻像の促すところにしたがえば、『あら皮』の〈あら皮〉を『幻滅』と『浮かれ女盛衰記』の偽神父へと書き換える変容のプロセスに見えてくるのだ。もっとも、そうはいっても小説家がどこまでその書き換えを意図したかは問題ではない。テクスト同調を形成する言語じたいに、小説家のコントロールの及ばぬ自動性が備わっていると考えられるからである。言語の自動性は、小説家から見れば、一種の他者性でもあり、言語を使って書くことじたい、他者性の道具をつかってしかできない行為なのだ。シグナルもまた、そうした使用者のコントロールの及ばない言語の他者性（それをテクストの自動性と呼んだのだ）から生まれる。テクスト論は、そのような共通理解に立っている。そして〈あら皮〉は偽神父である、というわたしの理解もまた、連繋してきたシグナルの自動性からもたらされたものにちがいない。

神を騙る　新たなシグナル共有

ところで、見えないテクストが差し出してくれたこうした像とは別に、わたしにはもう一つの思いがある。偽神父、つまりスペインの高僧を騙るヴォートランと重なるとしたら、同じ黒の衣服に身を包んで現われた『あら皮』の骨董店の主人ではないか。ふたりとも、物語のなかで重要な役割を果たす悪魔契約の当事者でもある。はっきりいえば、見えないテクストから見えてしまった像と自分の思いが描く像が重ならないのである。

わたしは注意してふたつのテクストを読み返した。そして、ラファエルに対する骨董店の主人と、リュシアンに対するスペインの高僧とのあいだに、大きな違いがあることに気づいたのである。『幻滅』第三部『発明家の苦悩』に登場する高僧カルロス・エレーラは、『浮かれ女盛衰記』でさらに大きな役割を果たし、やがて『ゴリオ爺さん』のヴォートランと同一人物であることが分かる以上、まさに『人間喜劇』の中心的な登場人物の一人である。他方、『あら皮』の骨董店の主人は、悪魔契約の場面のほかには同じ小説のもう一つの場面にしか姿を見せない。名前で呼ばれることがない上に、高僧カルロス・エレーラに比べ、登場人物としての重要度ははるかに低い。しかも、この骨董店の老主人がふたたび姿を見せる『あら皮』の場面は、ラファエルが向かったイタリア座のロビーであり、この「小柄でやせこけた老人」はそこに「きっちりネクタイをしめ、男盛りのようなブーツをはき、拍車を鳴りひびかせ、まるで元気旺盛な若者が一切の力を持て余すかのように腕を組む」（X・二二二）姿で登場する。ラファエルが「どのような状況でこの小柄な男と出会ったのか」と考えていると、そこに遅れて「しなやかで軽やかな体つきの踊り子のウーフラジー」（X・二二三）が到着する。そうしてようやくラファエルは、悪魔契約の場面で「老人から運命的な贈り物を受けとったとき」、自分が「からかい半分に願ったことを思い出した」のだ。まさしく、「こんな死をもたらすような援助の埋め合わせに、ぼくは願いますよ、あなたが踊り子と恋におちいることを！」（X・八八）とラファエルは〈あら皮〉に願をかけたのだ。
何を言いたいかといえば、この骨董店の主人はラファエルが冷やかし半分に口にした願いどおりに〈あら皮〉の力の及ぶ対象になっていて、踊り子に恋をしている以上、悪魔契約を提示する主体にはふさわしくない、ということだ。店主は、悪魔契約を口にする資格を有していない。そしてその点で、悪魔契約を履行しつづけるカルロス・エレーラ（ヴォートラン）とは重ならない。一連のテクスト同調の流れのなかで、ともに黒衣をまとう骨董店の主人とスペインの高僧は重なるように見えたが、『あら皮』で語られる後日譚を思い出したとき、その像のぶれが顕わとなったのである。

ではいったい、二つのテクストにおける悪魔契約という同調をどのように考えたらよいのか。骨董店の老主人が悪魔契約を提示するのにふさわしくないとすれば、スペインの高僧に対応する者がいなくなってしまう。この悪魔契約に残るのは、ラファエルと〈あら皮〉になってしまうが、〈あら皮〉はオナガーと呼ばれる動物の皮から作られた呪物であって、登場人物ではない。『人間喜劇』の重要な登場人物であるカルロス・エレーラ（ヴォートラン）とのあまりの違いに、わたしは弱りはてたのだった。

わたしは『あら皮』の悪魔契約の場面を読み直した。骨董店の主人は、「どうしても死ななくてはならない」（X・八〇）とラファエルに告げられたあと、「後ろをふりかえってごらんなさい」（X・八一）と言って壁の〈あら皮〉を示すものの、肝心の〈あら皮〉に刻まれた文字を自ら口に出して読むことはない。〈あら皮〉には、契約の文言として「汝、われを所有すれば、すべてを所有することになろう。しかし、汝の命はわれのものとなろう。神がかく願われたのだから」（X・八四）と刻印されているのに、それを口に出して発するのは、サンスクリット語が読めるラファエルである。骨董店の主人は壁にかけられている〈あら皮〉の存在を指し示すだけで、厳密には、契約の一方の当事者になっているとは言い難い。まるでラファエルが〈あら皮〉の代わりに契約の文言を口にしているかのようではないか。その意味では、悪魔契約の文言を差し出しているのは〈あら皮〉じたいということになる。そこには、所有者の命と交換にその願望を成就する、とまさに契約の文言が刻まれ、しかも「神がかく願われたのだから」と神の名のもとに契約を示してはいるが、その文言じたい、神が望んだものかどうかはわからない。いや、明らかに、所有者の命と引き換えにその願望を叶えることなど、神が望むわけがない。つまり〈あら皮〉はその文言で神の名を騙っている。神の名を騙るからこそ、それは悪魔契約であって、そこに〈あら皮〉とスペインの高僧の親近性が際立つのだ。というのも、この高僧はやがて偽神父だとわかるのだが、偽神父とは言うまでもなく神の名を騙る存在にほかならない。自らの示す契約を保証するものとして、神の名を騙ること。骨董店の主人は黒づくめで悪魔の姿に見えたが、神の名を騙りはしない。その点で、テクスト同調を背景に〈あら皮〉とスペインの高僧（偽神父）のあいだに、形状は異なるものの、一種の等価性が成り立ったのである。この新たなテクスト同調からは、いったいどのようなシグナルが共有されるのだろうか。

皮膚的存在　〈あら皮〉＝ヴォートラン

〈あら皮〉と偽神父エレーラに共有されるシグナルのことを考えているうちに、わたしは両者の強い親近性に思い至った。それはいったいどのような親近性なのか。それを語るには、スペインの高僧カルロス・エレーラを名乗るこの偽神父が、脱獄囚ヴォートランであることを語られねばならない。『幻滅』の第三部で登場するスペインの高僧がヴォートランであると分かるのは、『浮かれ女盛衰記』冒頭の仮装舞踏会においてだが、その光景はまるでリュシアンの『浮かれ女盛衰記』への登場を告げる舞台として選ばれたかのようでもある。

その仮装舞踏会で、リュシアンは「背が低く太っていて、まるで樽がころがるみたい」（VI・四三〇）に歩く「殺人者の仮装をした男にあとをつけられていて」とあるが、このリュシアンのあとを付け回す仮装の男こそが偽神父である。この男は隙をついてラスティニャックにこんなことを耳打ちする。

ラスティニャックは（中略）まるで雷に打たれたようにじっと動かず、鉄のような手で窓際の壁の開口部に引き込まれた。振り払うことなどできなかった。

「ヴォケーばあさんの鶏小屋から出てきた若い雄鶏くん、きみはあの一大事件が起こったとき、ターユフェールの親父の巨万の富を手にしようとして心臓をバクバクさせていたな。その身の安全のためにこのことを知っておくといい。リュシアンに対し愛する兄弟のように振る舞わなければ、きみはこちらの手に握られているのだからな。（中略）黙って、つくすのだ。さもないと、おれはきみのゲームに乱入して、きみのピンを倒してしまうからな。リュシアン・ド・リュバンプレは現代社会の最大の権力である〈教会〉によって保護されているのだ。生きるのか死ぬのか、どちらか選んでもらおうか。きみの答えは？」

ラスティニャックはめまいを覚えたが、それはまるで、森で眠り込んだ男が目を覚ますと傍らに腹をすかせた雌ライオンがいるときみたいだった。（中略）

「あいつしかいない、何もかも承知で……ほんとうにやってのけるのは……」と、ラスティニャックはひとり言を言った。

仮装の男はその言葉を最後まで言わせまいとするかのように、ラスティニャックの手を握った。

「あいつだと思って行動するんだな」と男はいった。 （Ⅵ・四三四）

『ゴリオ爺さん』の読者なら、この引用した部分から、仮装の男が徒刑囚ヴォートランだとわかる。ここでラスティニャックに「あいつ」と呼ばれるこの男こそ、かつて同じ下宿で、ターユフェールの巨万の富を手に入れてやろうと若者に持ちかけたヴォートランにほかならない。それじたい、まさに悪魔契約の相貌を帯びているのだが、ラスティニャックは最終的にその申し出を断ったのだ。そうした意味で、『浮かれ女盛衰記』のこの冒頭場面は、『幻滅』だけでなく『ゴリオ爺さん』とも物語をつなぐ働きをしているのだが、そのことによって、偽神父＝ヴォートランが〈あら皮〉と強い親近性をもつことがよみがえってくる。というのもラスティニャックが〈あいつ〉だと分かり驚愕のあまり顔色を失うのは、『ゴリオ爺さん』で、ヴォートランが飲まされた薬のせいで卒倒し、警察に捕まり、ふたたび刑務所へと送られ、とうていそこから出てはこられないと思っていたからだ。そしてそのヴォートラン゠偽神父が〈あら皮〉と親近性を示すのは、なによりもその皮膚的存在としてであって、そのことによって〈あら皮〉とヴォートランはシグナルを共有し合う。ヴォートランが皮膚的存在であることが顕わとなるのは、『ゴリオ爺さん』で彼が逮捕される直前の、犯罪者だとわかる場面である。

その場面を説明しよう。同じヴォケー館に下宿しているミショノー嬢とポワレが、三千フランの金と引き換えに「年金暮らしをしている堅気のブルジョワに変装した、警察の人間」(Ⅲ・一六五)らしき男から一つの依頼を引き受ける。「ヴォケー館に下宿しているヴォートランと自称する男が、トゥーロンの徒刑場で《不死身《トロンプ・ラ・モール》》という名前で知られる脱走した徒刑囚」(Ⅲ・一八九)かどうか、確かめてほしいという依頼で、ミショノー嬢とポワレは「特別に調合した液体」(Ⅲ・一九二)の小瓶を「警察の人間」から手渡され、その液体を「葡萄酒にでもコーヒーにでも混ぜる」ように唆される。そうすれば「卒中のような発作」が起きるから、その昏睡状態を利用して、男を介抱するふりをしながら服を脱がせ、「ひとりきりになった隙に、平手でぴしゃっと肩をたたくのです」と確認の詳細な手口まで説明される。「警察の人間」は、その男が徒刑囚なら肩に「烙印の文字が現れるでしょう」と識別のポイントまで伝え、そうしてミショノー嬢は下宿で、食事の支度ができたという知らせにだれよりも先に食卓に来て「ヴォートランのものである銀のカップに例の液体を注ぎ」(Ⅲ・二一〇)、そのときを待つのだ。

ヴォートランはにやにやしだした。このとき、胃の吸収した薬物がききはじめた。それでも徒刑囚は頑健な男だったので、立ちあがり、ラスティニャックを見つめて言ったが、その声はうつろだった。

「お若いの、果報は寝て待てって言うからな」

そして彼は、ばたっと死んだように倒れた。

「まったく、神の裁きはあるんだな」とウージェーヌ〔ラスティニャックの名〕は言った。

「あらまあ、いったいどうしたのかしら、ヴォートランさんたら?」

「脳卒中ですよ」とミショノー嬢は叫んだ。

（中略）

「エーテルがあるかどうか、さあ、見てきてくださいよ」とヴォケー夫人に言いながら、ミショノー嬢はポワレに手伝ってもらいヴォートランの服を脱がせてしまった。

ヴォケー夫人が自分の部屋へ降りていき、ミショノー嬢が戦場のようなその場の主導権を握った。

「さあ、ヴォートランのシャツを脱がせて、早く身体をひっくり返してちょうだい！　少しは気をつかって、男の裸なんか見ずにすむようにしてくださいな」と彼女はポワレに言った。

「そんなところに馬鹿みたいに立ったままでいないで」

ヴォートランがひっくり返されたので、ミショノー嬢は病人の肩を力いっぱい平手でたたいた。するとその不吉なふたつの文字が赤くなった個所の真ん中に白く浮かび上がった。（Ⅲ・二二一―二二）

昏睡したヴォートランはシャツを脱がされ、その肩を思いっきり平手でたたかれる。するとその皮膚に、再犯者であることを示す焼印が浮き出る。皮膚の表面に再犯者の識別文字を焼印として押された存在。そうした存在を、皮膚的と形容したのだが、要は、「不吉なふたつの文字」が押されたヴォートランの肩の皮膚が、文字数こそ異なるものの、サンスクリット語による悪魔契約の文言がその表皮に刻まれた〈あら皮〉と限りなく親近性を発揮し、シグナルを共有するということだ。〈あら皮〉＝ヴォートラン。呪物として幻想性を放射していた〈あら皮〉をヴォートランと等価なものとしてつなぐこと。一連のテクスト同調の中心に置かれた悪魔契約において、ラファエルを前にして自らの表皮に刻まれた契約の文言を示す〈あら皮〉は、リュシアンを前に自らの口で悪魔契約の文言を語るヴォートランと物語的相同性を有し、それがシグナルを発生させる。ヴォートランもまた自らの身体にいわば一種の〈あら皮〉をもつ存在なのだ。繰り返すが、悪魔契約において、ヴォートランはその肩の皮膚に「不吉なふたつの文字」を押された存在として、骨董店の主人にではなく、まさに〈あら皮〉に対応していたのである。

ではいったい、ヴォートランの肩の皮膚に浮かび上がった「不吉なふたつの文字」とは、どのようなものなのか。新潮文庫版の平岡篤頼の割注によれば、「懲役」を意味する「Travaux Forcés の頭文字」を省略した TF だと説明されている。たしかにヴォートランの肩には TF の二文字が焼印として押されていると考えられるが、それは「懲役」を意味する「Travaux Forcés の頭文字」の略語ではない。そしてそのことを語るには、少し遠回りになるが、フランスにおける烙印刑の歴史を参照する必要がある。

犯罪者の身体への烙印は、フランスにおいて一八三二年四月二八日の法律で廃止される。旧制度《アンシャン・レジーム》の時代には、フランス王朝の紋章である百合の花の焼きごてが犯罪者の肩に押されていた。その意味で、犯罪者は国王の管理の対象にほかならなかった。分かりやすい例をあげれば、ルイ十三世治下の時代を舞台とする『三銃士』で、ダルタニャンがミレディの肩に認めるのもこの百合の花の刻印であり、それによってダルタニャンは彼女がかつて刑罰を受けた毒殺者だと見抜くことができた。歴史的にはやがて、この百合の花に代わって、なされた犯罪の種類を示す頭文字が烙印されるようになる。泥棒（voleur）の罪であればVの文字が押され、ガレー船の漕役刑（これは一七二四年に始められ一七九一年に廃止される）の受刑者（galérien）であれば、GAL の三文字が烙印された。

その後、憲法制定議会はこうした処罰を廃止したが、共和暦X年（一八〇二年）と一八〇六年の法律では、再犯の場合と放火の予告による脅迫行為に対して、烙印による処罰が復活する。それは、十九世紀前半のフランスが再犯者という問題を抱えていたことを何よりも意味する。当時の社会は、どれほどこの再犯者という存在によって自らの物語的な想像力を刺激されていたことだろう。そしてその端的な例が『ゴリオ爺さん』に登場するヴォートランにほかならない。

再犯を意味する récidive というフランス語には、病気の「再発」の意味もあるが、再犯には、犯罪に手を染めた者が恒常的にふたたび犯罪を繰り返す可能性が含意されていて、再犯者とは、ヴォートランのように犯罪の常習者であり、期限なき犯罪者にほかならない。都市の治安を維持しようとする者は、なによりもこの再犯者に符丁を与え、識別しなければならない。再犯者への烙印刑の復活は、そのような社会的文脈から要請されたものだ。百合の花から犯罪の種類を示す頭文字への烙印の変化は、犯罪の管理が国王から離れ、都市を支配しはじめたブルジョワジーに移行しつつあることを示唆している。とりわけ都市において、一回的な偶然や状況によって犯罪をおかした者から再犯者を烙印によって識別する必要が生じたということじたい、パリなど、それだけ犯罪都市化が進行したということにほかならない。と同時に、その進行を恐れる新たな支配層が台頭しつつあるということでもある。

一八一〇年の法律によれば、烙印刑には懲役 (travaux forcés) つまり「強制労働」が伴うのだが、その同じ法律には、次のような条項（第二十条）が設けられていて、それは年代的に『ゴリオ爺さん』の物語をカヴァーする法律にほかならない。

だれであれ無期懲役（taravaux forces à perpétuité）の刑に処されことになる者は、公共の広場で、右肩に焼きごての刻印による烙印を押されるものとする。他の刑を言い渡された者がさらに烙印刑を受けることになるのは、その当人にすでに課された刑罰に、法律の定めるところにより烙印刑が付加される場合にかぎってである。無期懲役の受刑者には、TPの文字からなる烙印が押され、有期の懲役の受刑者で烙印を押されねばならない受刑者にはTの烙印が押され、それが文書偽造反（faussaire）の場合、烙印にFの文字が加えられる。（「十九世紀ラルース」"marque"の項目参照）

これによって、ヴォートランの右肩に押されていた「不吉なふたつの文字」は、一八一〇年の法律どおり、「有期の懲役」刑に「文書偽造」の刑が加わったことによるTFの二文字であることがはっきりする。というのも、ヴォートランは若いときに、イタリア人の美青年を愛していた（つまり同性愛者である）のだが、その青年の犯した文書偽造の罪を代わりにかぶり、五年の懲役に処されている。作品では読むことができないが、おそらくヴォートランもまた、公共の広場で群衆への公開スペクタクルとして、その右肩に二つの文字の烙印が押されたのだ。徒刑場に送られたヴォートランは、しかしそこを脱走し、パリという犯罪都市のヴォケー館という安下宿に身を潜めていたのである。

ところで、犯罪の種類を類別する烙印を右肩に押されたヴォートランの皮膚について、一つ確認しておきたいことがある。その皮膚は、何よりも犯罪者とその罪の種類を識別するためのフィールドになっているということであり、わたしはそこからミシェル・フーコーの指摘を思い出したのだ。彼が

『言葉と物』の八章「労働、生命、言語」の「キュヴィエ」の項で論じる「古典主義時代の〈分類学〉」は、ヴォートランの皮膚にまさに当てはまる。肩に焼印を押されたミレディの暗躍する『三銃士』がルイ十三世治下の物語であることから示唆されるように、烙印刑じたい古典主義時代の〈知〉に属している。その古典期の〈分類学〉の特性を、フーコーは『言葉と物』にこう記している。

古典主義時代の〈分類学〉は、完全に、記述上の四つの可変要素〈形態、数、配置、大きさ〉をもとに構築されていた。その四つの可変要素を、言語と視線がまるでひとつの動きとなって貫いていた。そしてこの可視的なものの広がりのなかから、生命がひとつの切断の結果として出現したのだ。

（同書・二八〇）

かみくだいて言えば、古典主義時代の〈分類学〉は可視的な要素（形態、数、配置、大きさ）に支配されている、ということだ。そしてヴォートランの右肩の皮膚に押された焼印の痕は、皮膚の表層に可視的な要素（形態、数、配置、大きさ）として残されている以上、まぎれもなく古典主義時代の可視性に依拠する分類方法、つまり犯罪者の識別方法になっている。犯罪者を識別するための烙印刑は、それゆえ古典期の〈分類学〉と共通の〈知〉のパラダイムに布置されていて、ヴォートランの皮膚もまた可視性に基づく〈知〉のフィールドにあると言えるのだ。

ところで、わたしはヴォートランからひとつの珍獣を連想した。それは、表皮に「化学的薬品を塗布」[1]されて奇妙な縞を持つ新種のシマウマに仕立てられた偽物の珍獣（ほんとうは単なるロバ）にほかならない。『人間喜劇』には分類されないバルザックの手になる『動物の私的公的生活情景』（一八四二）に収められた、パロディー小説「栄光を目指す動物たちのためのロバの手引き」に、その珍獣は出てくる。このシマウマもどきの偽物の新種じたい、当時の〈分類学〉の分類基準《グリッド》を揺さぶるもので、どうにも分類できないのだ。その結果、この珍獣はそれまでにない新種として手厚い保護を受けることになるのだが、そうした物語を構想することで、バルザックは旧来の可視性に基づく〈分類学〉じたいを揶揄的な笑いの対象にしているようにも思われる。

ヴォートランの、焼印によっていわば加工された皮膚からこの珍獣を連想したとき、じつのところ、わたしは同時に一種の違和感を感じ取ってもいた。何に対してか、といえば、いましがた自ら強調した〈あら皮〉とヴォートランの皮膚の親近性そのものへの違和感である。というのも、珍獣の皮膚に施された奇妙な縞模様が古典期の〈分類学〉では分類できない状況を差し出しているのに対し、昏睡状態のときに叩かれるヴォートランの肩の皮膚は、そこに「不吉なふたつの文字」を浮かび上がらせていて、はっきり徒刑囚であることを示すではないか。つまり、ヴォートランの皮膚は、可視性に基づく古典期の〈分類学〉の〈知〉にまぎれもなく収まるのに対し、化学薬品によって加工された珍獣の皮膚は古典期の〈分類学〉のグリッドを逆手にとっていて、まさに分類不能ゆえに珍獣として保護されるのだ。違和感はそこに兆していていた。

そう気づいたとたん、わたしはさらに一つのことに連想が飛んだ。ヴォートランの烙印を押された皮膚とシグナルを共有すると考えていた〈あら皮〉じたい、オナガーと呼ばれる動物の皮から作られたものというかたちで、物語の設定上、どのような動物の皮が使用されているか識別されているにもかかわらず、この皮を引き延ばす過程で科学者たちの示す応対から考えて、可視性（形態、数、配置、大きさ）に基づき構築されていた古典期の〈分類学〉を逸脱しているのではないか。つまり、きっちり徒刑囚に分類される焼印の痕を持つヴォートランの皮膚と〈あら皮〉は、同じ〈知〉のパラダイムを共有していないと考えられる。そうしてわたしのなかで、〈あら皮〉とヴォートランの焼印を押された皮膚の親近性じたいが揺らぎはじめたのである。親近性と思ったものは、文字を刻まれた表皮という可視的な共通性にほかならず、〈あら皮〉には可視性を超えたものがナゾとして託されている以上、両者の親近性に生じた揺らぎは、シグナルの共有をも不可能にする。この章の冒頭で、わたしには一瞬、『幻滅』の偽神父が〈あら皮〉に見えたのだが、見えないテクストが見せてくれたこの二重写しのあいだには、異なる〈知〉のパラダイムの境界線が通っていたのである。可視的には重なって見えても、〈あら皮〉とヴォートランの焼印を押された皮膚は重なりようがない。

〈あら皮〉あるいは不可視の厚み

自殺の延期から悪魔契約まで編まれてきたシグナルがこれ以上つながらないと思うと、落胆し、見えないテクストはこの先いったいどうなるのだろうと自問しながら、わたしは否応なく〈あら皮〉に引きもどされ、『あら皮』じたいを読み返していた。そして気になったのが、いくつもの願望実現によりかなり縮んでしまった〈あら皮〉をもとにもどそうとして、その原因をさぐるべく、ラファエルが何人もの科学者を訪ねるくだりである。ラファエルの、縮む〈あら皮〉に対する最後の抵抗のような一連の場面にほかならない。最初に相談に行ったのは、「動物学の大御所」（X・二三七）のラヴリーユ先生のもとで、この動物学者はかけ合わせによってこれまでに存在しない新種のカモを作り出そうとしていて、それは「百三十八番目の種類」（X・二三九）になるという。ちなみに、新種を作り出すとは、分類学に依拠しながらその分類学じたいを超えようとする作業であって、ラヴリーユはラファエルに〈あら皮〉を見せられると、こう答えるのだ。


「あなた、これはロバの皮ですよ」と学者は肘かけ椅子に身を沈めながら答えた。

「そのことは知っています」と青年は言った。

「ペルシアには」と博物学者はつづけた。「きわめてめずらしいロバがいます。昔の人はオナガーと呼んだロバですが、エクウス・アシヌスとも呼ばれ、タタール人がクーランとも呼んだロバです。

パラス〔ドイツの博物学者、一七四一―一八一一〕が観察しに行き、これを科学の対象にしました。じっさい、この動物は長いこと空想上の動物とみなされていたのです。（中略）謎だらけの動物で、目には一種の反射膜がついていて、東洋人たちはそこに魔力が宿っていると考えるのです。その毛色は、フランスのどんな立派な馬の毛色よりもきれいで、つややかです。いくらか鹿毛色の筋がついていて、それがシマウマの毛並みにとても似ています。（中略）東洋では動物の王にほかなりません。（中略）山ではノロ〔小型のシカ〕のように飛びはね、鳥のように飛ぶようですから、捕獲はほとんど無理です。（中略）あなたが見せてくれている皮はオナガーの皮です」と学者は繰り返した。

（X・二四〇―一）

ラヴリーユ先生の言うように、オナガーが「山ではノロのように飛びはね、鳥のように飛ぶ」とすれば、たしかに珍獣だが、ラファエルが「このあら皮が動物学の通常の法則にしたがっていて、この皮を伸ばせば伸びると確信がおありですか？」（X・二四一―二）と恐縮しながら尋ねると、「ああ、もちろん！」と先生は自信をもって答える。しかし〈あら皮〉をいくら伸ばそうとしても、護符はびくともしない。いくらそれがロバの新種の皮だと分かっても、動物学者に〈あら皮〉じたいのナゾを解明することはできない。ましてやラファエルの望むように、その皮を引き延ばすことなど不可能で、その挙句、「有名な力学の教授であるプランシェットに会いにお行きなさい」（X・二四二）と勧められてしまう。それを皮切りに、ラファエルはつぎつぎと当時の科学領域の先端にいる専門家を歴訪することになるのだが、物語的にみれば、科学者のもとを訪れれば訪れるほど〈あら皮〉に託されたナゾが深まることになる。そのためにこそ、こうした歴訪が物語には必要なのだ。

ラファエルは次に「有力な力学の教授であるプランシェット」に会いに行き、〈あら皮〉を見せ、これに作用を及ぼすにはどうしたらよいかと訊き、「このあら皮には、なにものもうち勝てない抵抗力が宿っているように思われるのです」（X・二四三）と口を添える。それが力学の教授を刺激したのか、プランシェットは自ら力学一般について語りはじめ、個体と液体のはたらきにかんする現象を饒舌に説明するのだが、その途中に「この現象を生み出す原因を再現することによって」とか「運動の結果」（X・二四四）といった言葉をさしはさむことから、力学もまた原因と結果をつなぐ〈知〉に依拠していて、それは推論的な〈知〉と同じフィールドにあることがわかる。原因と結果を結ぶ論理を無視する科学領域などありえないのだ。そうしてこの力学者は、動物の皮に「なにものもうち勝てない抵抗力」が備わっていることを否定し、〈あら皮〉に対しどういう作用をお望みなのかとラファエルに訊く。「わたしが望んでいるのは、このあら皮を際限なく伸ばすことのできる何らかの強い圧力です」（X・二四四―五）とラファエルが答えると、プランシェットは蒸気機関を利用した装置の働きを説明しながら、「物体がこの二枚の強固な平面に挟まれれば、必然的に、それを無限に圧縮する巨大な作用に屈するにちがいありません」（X・二四七）と述べ、そのふたつの平面に挟まれた物質で伸びないものなどないと力説する。そこで彼は、そうした自分の考えに合わせて装置を作った別の力学者シュピークハルターのもとに行こうと提案するのだ。

そうして訪ねたシュピークハルターは、一種の蒸気機関の原理で動く圧縮機を示し、これでどんなものでも圧縮して引き延ばせるという。力学者はその「最高の圧縮機の二枚のプラチナ板のあいだにあら皮を差し込み」（X・二四九）、圧力を加えてみるが、やがて恐ろしい音とともに機械のほうが破壊されてしまう。それでも〈あら皮〉は無傷のままで、シュピークハルターは〈あら皮〉を持ち帰るようにラファエルに命じ、「その内部には悪魔が宿っている」とさえ口にする。そうしてこの学者は鍛冶屋の使う鉄槌をあらんかぎりの力を込めて〈あら皮〉に打ち下ろしてみるが、皮はびくともしない。そこに駆けつけた職工長（おそらく実験を取り仕切っていたのであろう）が今度は〈あら皮〉を溶鉱炉のなかに放り込み、十分間ほどそのままにして、鉄の道具でつかみ出してみると、ラファエルは「なんなくあら皮を指でいじくりまわすが、それは冷たくて柔らかい」のだった。そして学者たちは、この不思議な物質には化学で対応するしかないという結論に至り、〈あら皮〉はジャフェという化学者の実験対象になる。

　そこまで同行したプランシェットは化学者に、「この物質を分解してみてくれないか。そこからもし何らかの成分を取り出せたら、前もってディアボリンと命名しようと思っている。なにしろ、こいつを圧縮しようとしたら水力圧縮機が壊れてしまったのだから」（X・二五〇）と切り出す。ちなみに、「ディアボリン」（*diaboline*）とはバルザックの造語だが、語頭に「悪魔」diableを、語尾に薬品名に用いる化学的成分を表示する -in(e) を持つ、いかにも〈あら皮〉にふさわしい学術名である。それを聞くと、ジャフェは「新しい単体かもしれない」とうれしそうに言う。ラファエルはここでも、単なるロバの皮だと口をはさむが、化学者は〈あら皮〉に「フッ化水素酸」（X・二五一）を染み込ませる。動物繊維なら、それで分解されるはずだから、と彼は断言するのだが、〈あら皮〉にはなんら変化が見られない。そうして実験は激しさを増す。「強い気体放電で砕こうとしたり、ヴォルタ電池の作用で試した」が、それでも護符に何の効果もあらわれず、化学者は最後の実験として「かなりの量の窒素塩化物をもちいて、強烈な衝撃を加え」てみる。だが、あら皮は無傷のままで、「勝ち誇ったよう」にさえ見える。その結果を見たプランシェットは、「このことはアカデミーに報告しないようにしよう」とさえ口にする。

動物学者にはじまり、理論的な力学者、実験を行なう力学者、化学者のもとまで、ラファエルは歴訪する。そこでさまざまな実験や処置が行われるが、〈あら皮〉にはいっこうに変化が認められない。それが当時の代表的な科学者であればあるほど、〈あら皮〉に宿る神秘性とナゾが深まる仕組みで、小説家は物語的にそれを求めている。この科学者歴訪から見えてくるのは、〈あら皮〉への応接が犯罪者の識別マーク（TFの焼印）を押されたヴォートランの皮膚への対応とは著しく異なることだ。ヴォートランの皮膚は強くたたかれると、その表皮に焼印の痕を浮かびあがらせ、犯罪者であることを告げる。そうした可視性と表面性にもとづく識別は、可視的な諸要素を判断の基準に据える古典期の〈分類学〉に属しているのに対し、〈あら皮〉に加えられる力学的な実験も化学的な実験も、もはや古典期の〈分類学〉の依拠する可視性や表面性にとどまるものではない。蒸気機関を利用した圧縮機にしろ、強い放電にしろ、フッ化水素酸や窒素塩化物といった化学物質による実験にしろ、単に表皮的な変化を調べるためのものではない。どれも物質の表面から深部の組織に変化を加えるための手段・実験と言ってもよい。それは、すでに指摘したように、推論的な不可視の厚みに働きかける実験であり、そこには不可視の厚みを踏破して原因と結果をつなぐ推論的な〈知〉が共有されている。その意味で、〈あら皮〉もまた推論的な〈知〉のパラダイムにある実験でも踏破できない不可視の厚みを抱えている。その不可視の厚みこそが〈あら皮〉に付与された神秘的なナゾであって、物語的にみれば、そのナゾじたい解読を拒む意味の厚みとしてあって、その解読不能性が神秘性を増大することになる。

このように見れば、形状的に同じ皮膚的な存在ではあっても、〈あら皮〉とヴォートランの肩の皮膚は違うのだ。まったく異なる〈知〉のパラダイムに属していて、端的にいえば、強くたたくだけで識別の文字を浮かび上がらせる徒刑囚の皮膚には、推論的な〈知〉が探査の針を降ろすだけの不可視の厚みがない。これに対し、〈あら皮〉には、ナゾという物語的な不可視の厚みがあったではないか。この厚みは、小説的な視点からみれば、神が宿るとか悪魔が宿るとかというかたちで〈あら皮〉に託された意味の厚みであって、ひと言でいえば、神秘という名の意味の厚みである。その神秘の前に、当時の先端の諸科学（蒸気機関を利用した圧縮機など、まさに熱力学的な近代の装置である）は力を発揮することができない。その意味で、ヴォートランの皮膚が古典期の〈分類学〉に収まるのに対し、〈あら皮〉はそれとは異なる近代の〈知〉のフィールドにあって、珍獣の連想とともにわたしが感じた違和感は、まさに古典期と近代の〈知〉の差異から発していたのである。

〈あら皮〉とヴォートランの皮膚はシグナルを共有していると考えたわたしは、たとえ皮膚的な存在という共通性はあっても、両者がシグナルを共有できないほどの差異を抱えていることに落胆を深めていた。再犯者の烙印を押されたヴォートランの皮膚には、不可視の厚みがない。それは、叩くだけで簡単に分類＝識別の痕跡を浮かび上がらせる表層性と可視性に貫かれている。一連のテクスト同調から可能になった見えないテクストを思い浮かべるうち、わたしのなかでとつぜん結ばれた二重写しの像は別々に離散していた。他者性の素材である言語によって編まれるテクストも、そこから生まれるシグナルも、こちらの思うようにはならないものだとつくづく感じ、これでは、一連のテクスト同調から可能になった見えないテクストも、その中心にあるはずのシグナルを欠くことになると思い至る。〈あら皮〉とヴォートランの重なりが消えたことで、見えないテクストの、いわば織模様の中心が消えたのだ。〈あら皮〉＝ヴォートランは幻像にすぎないのか、とテクスト同調からの読みをあきらめかけたとき、わたしはヴォートラン自身が再登場人物であることに思い当たり、ならばその例にもれず、小説に現れていないあいだに変容している可能性があるのではいか、と一縷の希望をたぐり寄せていた。

『ゴリオ爺さん』で脱獄した徒刑囚として捕まったヴォートランは、つぎに『幻滅』の第三部『発明家の苦悩』に登場するとき、スペインの高僧の姿で現れる。そして『浮かれ女盛衰記』で、この二人の存在は同一人物だとラスティニャックに気づかれるのだが、それでもこの男は、小説に姿を見せていないうちに決定的な変容を成し遂げているではないか。パリ市中の安下宿に身を潜める徒刑囚からスペインの高僧へ変身したことを言っているのではない。だいいち、スペインの高僧とは本人が成りすました偽の存在である。もっと本質的な変容をこの男は遂げている、と気づいたとき、わたしは落胆から一気に解放されていた。というのも、その変容がかかわるのはこの男の皮膚的な存在に関してであって、いったんは失われたと思った皮膚的な存在が共有するシグナルが回復されるかもしれない、と感じたからだ。それでは、ヴォートランの皮膚は〈あら皮〉とあいだに、いったい何を共有するのか、と言えば、それはヴォートランの皮膚が再登場するまでのあいだに獲得したものにほかならない。

バルザックは『浮かれ女盛衰記』の物語的な頂点で、いかにも『ゴリオ爺さん』での可視性と表皮性に貫かれた皮膚との差異を見せつけるように、ヴォートランの新たな皮膚を差し出している。具体的にいえば、この男は自らをスペインの高僧だと主張しつづけるものの、リュシアンを貴族の令嬢と婚姻させるために、求められた財産をつくろうとさまざまに画策し（そのつぎからつぎへの画策はラファエルの科学者遍歴を思い起こさせる）、ついには司直の手に捕らえられてしまう。そして判事と医者は、スペインの高僧を名乗る男がかつての徒刑囚ヴォートランと同じ人物かもしれないと疑いを持ち、それを確かめようとして、自分たちの目の前で男の上着を剥ぎ取らせ、上半身の皮膚をあらわにするのだ。それがミショノー嬢とポワレが卒倒させたヴォートランの肩の皮膚を叩く『ゴリオ爺さん』の場面の、まさに再登場場面とも言えるかたちで、『浮かれ女盛衰記』で小説家が用意した場面である。

だがそのとき異なるのは、あらわになった男の背中の皮膚を前にしているのが判事と医者だという点だ。男はスペインの高僧カルロス・エレーラなのか、その名を騙る脱獄囚ヴォートランなのか、いまさに判事と医者に識別されようとしている。もちろん読者には、それが徒刑囚だと分かっているのだが、判事と医者にはまだ分からない。そうして取り調べに当たる判事は、もしこのスペインの高僧が徒刑囚なら、その肩に押された烙印の痕があるはずだと考える。『ゴリオ爺さん』で叩いて確かめたように、その皮膚を叩けば、「不吉なふたつの文字」がその表層に浮かび上がってくるにちがいない。周到で注意深い判事のカミュゾは、その検分のために医者まで傍に待機させている。スペインの高僧を名乗って白《しら》を切りつづける上半身を裸にされたヴォートランの背中を、判事は廷吏に用意させたたたき棒で烙印の押されていると思しきあたりを思いっきり叩かせる。以下がその場面である。

判事の合図で被疑者は着衣をとられた。ズボンは残されたものの、そのほかすべて、シャツさえも剥ぎ取られた。すると、ギリシャ神話の片目の巨人のように逞しい毛むくじゃらの上半身が人の目を惹きつけた。（中略）

廷吏は黒檀製の一種のたたき棒をもってもどってきたが、それははるか昔から彼らの職務の象徴ともいうべきもので、権杖と呼ばれている。廷吏は、かつて体刑執行人があの不吉な文字を押しつけた場所をその権杖で何度もたたいた。すると十七の穴が現れたが、どれもてんでんばらばらになっていた。だが、背中を丹念に調べても、いかなる文字の形も見当たらなかった。かろうじて廷吏が指摘したのは、二つの穴がTの文字の横線を示していて、そのふたつの穴の間隔は、両端の位置にあるふたつのカンマの点のあいだにちょうど横線がおさまる長さで、もうひとつの穴がこの文字の筆順の最後の点を示しているということだけだった。

「しかしこれではとどうにもあいまいだな」と判事のカミュゾは言いながら、コンシエルジュリーの医者の顔に浮かんだ疑惑のようなものを見ていた。

カルロスは、もう一方の肩と背中のなかほどを同じように打ってくれるように要求した。十五ほど別の傷痕が浮かんできたが、それを医者はスペイン人の要求にもとづいて確認した。そして、背中がいくつもの傷によってひどく深くえぐられているので、その結果、刑吏が烙印を押していたとしても、それは現われて来ないだろうと明言した。

（Ⅵ・七五一―二）

判事と医者が検証するこの場面が、『ゴリオ爺さん』で昏睡させられたヴォートランの上半身が裸にされた場面の、正確な反復になっていることはすでに指摘した。場面じたいの再登場になっている、とも言及した。だから余計に、差異と同一が際立つのだ。廷吏が権杖と呼ばれる硬いたたき棒で何度も烙印が押されたと思われる場所を叩くのは、ヴォートランの肩を手で叩くミショノー嬢の仕草と同じである。だがそのあと、男の皮膚は明らかな違いを見せる。烙印が押されたと思われるあたりを中心に背中や肩の表皮をいくら叩いても、いっこうに「不吉なふたつの文字」は現われてこない。そこには「十七の穴」が現れるばかりで、それも「てんでんばらばらになってい」る。判事と医者が「背中を丹念に調べても、いかなる文字の形も見当たらなかった」というように、再犯者のしるしが浮かび上がる場所とその周辺の皮膚には、多くの穴がばらばらに傷の痕跡として穿たれているだけである。烙印の押されたであろう肩とは反対側の皮膚にも、同様の穿たれた痕跡があって、たとえそこに焼印が押されていたとしても、「背中がいくつもの傷によってひどく深くえぐられているので」、「それは現われて来ないだろう」と医者は判断する。

要するに、再登場したヴォートランの皮膚は、見てすぐわかるような可視性によって担保された表皮性を有してはいないのだ。「ひどく深くえぐられた」傷が物理的な身体の厚みを超えるものではないにしても、古典期の〈分類学〉が依拠する可視性が無効になるくらいの厚みを、再登場したヴォートランの皮膚は獲得している。その皮膚は、かつての表層性と可視性に貫かれた皮膚ではもはやない。それは可視性にもとづく〈分類学〉を行使できない不可視の厚みを獲得している。その不可視の厚みの獲得こそが、ヴォートランが『ゴリオ爺さん』と『幻滅』のあいだで獲得したものにほかならない。小説には書かれていない場所で、ヴォートランの皮膚は変容を遂げている。古典期の〈分類学〉が通用する表皮を備えた皮膚から、それがもはや通用しない不可視の厚みを持つ皮膚に変容しているのだ。その意味で、『ゴリオ爺さん』で卒倒中に裸にされた皮膚と『浮かれ女盛衰記』で判事と医者の検分に晒された皮膚とのあいだに、古典期の分類学を支える〈知〉と不可視の厚みを推論によって踏破する近代の〈知〉の差異が際立つのである。

だが、この二つの場面のあいだにはまだ違いが存在する。それは、皮膚に向き合わせているのがミショノー嬢とポワレではなく、判事と医者だという点で、そこにも意味がある。推論的な〈知〉のパラダイムに言及した際に指摘したことだが、医者にしても判事にしても、ほんらい不可視の厚みを踏破する〈知〉の担い手ではないか。バルザック自身、『禁治産』で次のように述べていた。「司法上の慧眼によって、判事のポピノは、原告や被告が訴訟の内実をその下に隠している二重の嘘の外皮を見破るのだった。高名なデプランが外科医であるように、判事であったポピノは、この学者が身体を見抜くように、良心を見抜いた。(中略) キュヴィエが地球の腐植土を入念に掘り返すように、ポピノは訴訟を深く掘り下げた。この偉大な思想家のように、ポピノは結論にいたるまで推論につぐ推論により、良心の過去を再現したのだ」(Ⅲ・四三三)と。医者が「身体を見抜くように」、判事は「原告や被告が訴訟の内実をその下に隠している二重の嘘の外皮を見破」り、「良心を見抜いた」と書かれている。そのとき用いられるのが「推論につぐ推論」である。医者は「身体」という厚みに向き合い、見えない症状(病気)の原因を探り、判事は嘘という「外皮」の下に隠されている「訴訟の内実」という厚みを踏破する。いま、そうした不可視の厚みを踏破するのをこととする判事も医者も、いくつもの傷跡で深くえぐられたヴォートランの皮膚を判読できないのだ。その意味で、ふたりが向き合うのは推論的な〈知〉によってもたどり着けない不可視の厚みにほかならない。それはまぎれもなく、同じ推論的な〈知〉の行使者である力学者や化学者が踏破できなかった〈あら皮〉の抱える不可視の厚みと同じなのだ。

再登場したヴォートランの皮膚を前に判事と医者の無力さが露呈したように、〈あら皮〉を前に動物学者や力学者や化学者もまた自分たちの無力さをさらけ出していたではないか。つまりその意味で、ヴォートランに宿る同定不可能性（それがこの男のナゾを形成している）は、〈あら皮〉に宿るナゾ、つまり神秘という名の厚みと等価性を発揮しはじめる。両者に共有されるナゾ、つまり同定不能性と呼ぼうが神秘と呼ぼうが、その不可視の厚みはともに古典期の〈分類学〉を超えていて、そのことで、いったんは失われた親近性を取りもどすのである。ということは、その親近性をもとに成り立っていた両者のあいだのシグナルもまた回復され、共有される。『あら皮』の、ラファエルが〈あら皮〉をもって科学者たちを歴訪する長いくだりと、『浮かれ女盛衰記』のいま見たヴォートランの皮膚を判事と医者が検分するページのあいだで、推論的な〈知〉を超える不可視の厚みがナゾとして同調しているのだ。その意味で、〈あら皮〉に宿る神秘はヴォートランの皮膚の持つ同定不能性とシグナルを共有し合い、見えないテクストが失った中心の織模様を取りもどす。わたしがいったん落胆とともにあきらめた見えないテクストは、そのぶんだけさらに編み広げられたのである。

テクスト論者に見える風景

最後に強調しておきたいのだが、こうして論じてきたからといって、バルザックがすべてを承知したうえで、呪物の皮から放射される幻想性を封じるために〈あら皮〉を偽のスペインの高僧の皮膚へと書き換えた、などとわたしは考えない。それは、小説家の頭をのぞき込むことができない以上、外的な事実からの推測としてしか言えないのと同様に、考えても決定できないことだ。そうではなく、われわれにとって大いなる他者性の道具である言語を使って小説テクストを書くことに共起する自動性の働きによって、そうした書き換えさえ見えてくる、ということなのだ。自らの書いた小説のすべてを所有しているから素晴らしいのではない。自らの与り知らぬことまでが可能になるテクストを書いてしまったからこそ、バルザックは小説家の名に値するのである。そういうテクストの自由から、一瞬、わたしに垣間見えるのは、〈あら皮〉を背中の皮膚にもったヴォートランの姿である。それが、シグナルで編まれた見えないテクストの差し出す風景であって、たぶん、わたしにだけ差し出された眺めなのかもしれない。その意味で、わたしにとってのテクスト論はひどく私的なものなのだ。

さて、重ねて読んできた物語の軌道を最後までたどれば、〈あら皮〉をもったラファエルがその縮小とともについに死に至るように、ヴォートランをもったリュシアンもまた死に至る。じっさい、捕らえられたリュシアンは不用意にも、その皮膚の検分からは判事と医者にはなんら徒刑囚とは同定できなかったにもかかわらず、スペインの高僧が犯罪者ヴォートランであることを漏らしてしまい、結果、あとで取り返しのつかないことをしたと気づき、自責の念から獄中で自殺するのだ。そうした両者の死までを、わたしはテクストの同調などとことさらに言い立てる気はない。

二人はともに無一文となり、水場へと近づき、自殺を考え、自己愛によって死体となった自分を拒否し、自殺を延期する。その過程で、悪魔契約を結び、華々しい祝宴におもむく。ともに母方の貴族の名を名乗り、金づる（一方は〈あら皮〉であり、他方は牢獄にいる仲間から金銭を託されたヴォートランである）からの供給を受け、そののち葛藤（一方は、すでに見たように、縮む〈あら皮〉を延ばそうと科学者たちのもとをめぐり、他方は社会的に上りつめようと貴族の娘との結婚を画策する）を経験した果てに、その枯渇（一方は〈あら皮〉が縮小し、他方は画策の違法性により逮捕される）により死をむかえる。こうした物語の軌跡が幸せだとしたら、〈あら皮〉とヴォートランの皮膚が重なることで、周囲に神秘性と幻想性を放射する〈あら皮〉がいかにもヴォートランという強烈な個性とリアリティを放つ人物に引き継がれているように読めることだ。そこから、バルザックは幻想性の物語世界を脱して写実性の物語に移行した、と考えることは自由だが、それさえバルザックの頭のなかをのぞき込めない以上、テクスト同調から見えてきた風景の域を出ない。それでも強いて繰り返せば、そうした風景を描いたのはバルザックではない、バルザックの書いたテクストなのだ。

最後に一言。オナガーという動物の皮と言われる〈あら皮〉と犯罪者の皮膚を同じ一つのものととらえること、つまりは見えないテクストが差し出すそうした重ね合わせの視点を、バルザックはジョフロワ・サン＝ティレールから得たのではないか。その学説の「構成の単一性」は、この世界に見られる動物の多様性をたった一つの型＝モデルから説明するものだが、そうした発想を、〈物質〉から「神」までをふくむひとつの全体のなかでの変容の可能性としてバルザックがとらえていたことを考えれば、動物の皮を犯罪者の皮膚へと変換することじたい何ら不思議ではない。ジョフロワにとって、たった一つの動物が存在したように、『人間喜劇』を書いたこの小説家には、〈あら皮〉もヴォートランの皮膚も、不可視の厚みをかかえた同種の表皮に見えたとしてもおかしくない。この、異なって見えるもののうちに同一性を見いだす視線の強度が、小説家に「人物再登場」を思いつかせ、異なる小説とその物語をまたいでのテクスト同調を促したのではないか。そしてその同調に見られるシグナルの発生も、さらには推論的な発想に基礎を置くバルザック的な類推《アナロジー》も、差異を同一ととらえるバルザックの書き方《エクリチュール》から生まれたものではないか。バルザックが残した膨大な小説群をまえに、テクスト論者の視界にはそのような風景が見えている。

引用

（1）バルザック「栄光を目指す動物たちのためのロバの手引き」（『動物の私的公的生活情景』所収）Balzac, *Guide-Ane a l'usage des animaux qui veulent parvenir aux honneurs*, in Oeuvres completes, Club de l'Honnete home,t.24,1956, p.302.

参照文献

芳川泰久『闘う小説家　バルザック』せりか書房、一九九九。

ベンヤミン『パリ　十九世紀の首都』、『ベンヤミン・コレクションⅠ　近代の意味』ちくま書房、一九九五。

キュヴィエ『パリ近郊の地質学的記述』*Description géologique des environs de Paris*, G.Cuvier et Alex. Brongniart, 1969, nouvelle éd. Paris, Chez G.Dufour et E. D'Ocagne

『地球の理論にかんする叙説』*Discours sur la théorie de la terre,* G Cuvier, 1821, Paris, Chez G. Dufour et E.D'Ocagne

Bernadette Bensaude-Vincent, *Lavoisier Mémoires d'une révolution,* Flammarion,1993.

『四足獣の化石骨研究』Georges Cuvier, *Recherches sur les ossemens fossils de quadrupèdes, ou l'on rétablit les caractères de plusieurs espèces d'animaux que les révolutions du globe paroissent avoir détruites,* Paris: Deterville Bruxelles: Culture et Civilisation, 1969.

『比較解剖学講義』（第１巻・三四―三五）Georges Cuvier, *Leçons d'anatomie comparée*; recueillies et publiées sous ses yeux par C. Duméril, Paris: Baudouin Bruxelles: Culture et Civilization, 1969.

ジョフロワ・サン＝ティレール『解剖哲学』Geoffroy-Saint-Hilaire, *Philosophie anatomique,* Bruxelles Culture et civilisation, 1968, nouvelle éd.

バルザック『ゴリオ爺さん』クラシック・ガルニエ版 Balzac, *Le Père Goriot,* Éditions Garnier Frères,1963

おわりに——あとがきに代えて

いま振り返ると、本書を書こうと決めたころ、新型コロナウィルスが武漢から世界に広がろうとしているのに、何十万人もの春節の旅行者を受け入れる日本政府の対応に歯がゆい思いを抱きながら、ただ日々のニュースを見ていた。そのときのストレスフルな無力感は、忘れようがない。本書を読み返してみて、思いのほか、そのときどきの思いや感情が書き込まれていることに気づいた。読みながら考え、考えながら書いているので、そうした部分もまたこの時期に考えたことと切り離せないので、削らずに残すことにした。

その結果、本書にはどこか私的な感じが漂うことになった。「私小説」感のようなもの、と言えばよいだろうか。ふだん、いかにも「私」がせり出してくるような批評は好まないのに、本書のそのようなテイストに悪い感じを抱かなかったのは不思議である。それに加え、読み方じたいが否応なく自分らしいという意味でも、本書に私的な感じが刻まれたのかもしれない。自らの読み方を、テクスト論などとことさら意識したことはないが、コロナ騒ぎが起こる前のあるシンポジウムの席で、司会の若い友人から、一貫してテクスト論を実践してきたと紹介されたとき、おれの読み方はテクスト論の実践に見えていたのかと気づき、いまさらながらそれを否定するのも大人げなく、貼られたレッテルをそのまま受け入れることにした。今回、本書のタイトルまで「バルザック×テクスト論」としたのだが、自分としては、ひたすら自分にしか読めないような読み方をしただけなので、正直、これがテクスト論だというような思いは一切ない。

テクストを読む際に、その構造にいやでも言及することになるが、わたしの取り出す構造（取り出せているとしたら、の話だが）は、たとえば構造主義者のレヴィ＝ストロースなどが扱う構造とはまるで異なっている。率直にいえば、レヴィ＝ストロースの構造分析は好きではないし、若いときから惹かれたこともない。ボードレールの「猫たち」という詩篇の構造分析がレヴィ＝ストロースにあるが、どこまで詩を切り刻めば気が済むのだろうと学生のころに感じた記憶がある。誤解のないように言っておくと、わたしが興味を覚えたのは、構造分析ではなく、構造変換である。

さらにいえば、構造変換を可能にする視点の見つけ方に、否応なくそそられた。一見、まったく異なって見えるものが、その視点をあいだに置くだけで、等価性を発揮しはじめ、相互に変換可能となる。わたしのテクスト論に構造変換があるとしたら、それはそれまで違うとされてきたものを同じものに変えるための視点の提示にほかならない。そして、そうした視点の発見と設定じたい、もっともその人らしさが発揮されるところで、だから構造変換はじつにその個人の出る私的な行為にほかならない。その意味で、わたしのテクスト論じたい、じつに私的なものである。前著でフローベールの『ボヴァリー夫人』を論じた際に、タイトルに「私的に読む」と入れたが、この「あとがき」を書いてきて、「私的に読む」とはわたしにとって「テクスト論的に読む」と同義語だと気づいた。『バルザック×テクスト論』とタイトルにはっきり「テクスト論」と刻んだぶん、本書は前著よりもさらに「私的」になっているかもしれない。

ボードレールの「猫たち」の話が出たついでに、もう一つの思い出を記しておきたい。三十代前半のことだが、鹿島茂氏に、フランスの十九世紀の文学をやっているのに、そのもっとも美味しい脂のしたたるような肉の部分を捨てて、骨ばかりしゃぶっていることの不毛さを懇切に助言されたことがある。当時から、フランスの新批評《ヌーヴェル・クリティック》に惹かれていたこちらに危惧を抱かれたのかもしれない。その意味は、言われた当時よりも年齢を重ねるにしたがい身に沁みて、とりわけ大病後に小説を書きはじめてみて、骨ばかりではなにも書けないことを実感し、とはいえ、美味しい肉もまた意識したから書けるというものではないことも体感した。助言の意味は、だからじつによくわかっているつもりなのに、いざ、読むとなったら、否応なく、構造変換に惹かれる自分がいて、相変わらず、だれも見ていないパースペクティブや発想を差し出すことしかやっていない。そしてそうしたところが、自分らしさでもあって、これればかりは変えようがない。

本書では、「テクスト同調」という言葉を使って、別々の異なる小説のうちに同じ部分を見いだし、その同調じたいを「シグナルの共有」と呼んで、その先に「見えないテクスト」を遠望したのだが、その根底にも構造変換への意志がはたらいているように思われる。ここまで書いてきてよく理解できたのだが、本書で「シグナル」と言うとき、それは構造変換を可能にする視点が見つかったことの確認にほかならない。本書にテクスト論的なものがあるとすれば、差異のなかに見出した同一が小説空間をどこまで変換してくれるかを見とどけようとした姿勢のうちにである。その発見じたいにひどく驚くと同時に興奮したのだが、この「テクスト同調」が思わぬほど長く維持されて、具体的にいえば、『あら皮』に読み取ったラファエルと〈あら皮〉の関係がリュシアンとヴォートランの関係に変換されて『幻滅』を越え、『浮かれ女盛衰記』にまで及んでいる。そうしてはじめて見えてきた風景を、読者の方々に差し出すことができたことは、著者としてなによりもうれしい限りである。

今回もまた、せりか書房の船橋純一郎氏に一方ならぬお世話になった。バルザックについてもう一冊書きたい、といきなり告げたにもかかわらず、その申し出を快く受け入れてくださったうえに最後まで伴走していただいたことに、この場を借りて、変換のまったくきかない感謝の念をささげたいと思う。

芳川泰久

著者紹介

芳川泰久（よしかわ　やすひさ）

1951 年 埼玉県生まれ。早稲田大学大学院博士課程修了、同大学教授（フランス文学、文芸批評)。主な著書に、『闘う小説家バルザック』(せりか書房)、『謎とき『失われた時を求めて』』(新潮社)、『『ボヴァリー夫人』をごく私的に読む』(せりか書房)、小説に『歓待』(水声社)、『坊ちゃんのそれから』『吾輩のそれから』『先生の夢十夜』(以上、河出書房新社)、主な訳書に、クロード・シモン『農耕詩』(白水社)、バルザック『サラジーヌ　他三篇』『ゴプセック・毬打つ猫の店』(以上、岩波文庫)、フローベール『ボヴァリー夫人』(新潮文庫)、プルースト『失われた時を求めて』(角田光代と共訳、新潮社）ほか多数。

バルザック×テクスト論——〈あら皮〉から読む『人間喜劇』

2022年　3月21日　第1刷発行

著　者　芳川泰久

発行者　船橋純一郎

発行所　株式会社 せりか書房　〒112-0011 東京都文京区千石 1-29-12 深沢ビル 2 階
電話：03-5940-4700　振替 00150-6-143601　http://www.serica.co.jp

印　刷　モリモト印刷株式会社

装　幀　工藤強勝 + 大竹優風

ISBN 978-4-7967-0392-5